文春文庫

# 戦国名刀伝

東郷 隆



文藝春秋

目次

# 戦国名刀伝

# にっかり

一

豊臣秀吉は、一介の雑兵《ぞうひょう》から才覚ひとつで天下様に伸《の》しあがった人物。矮軀《わいく》をもって六十余州を平定した智謀《ちぼう》の男という印象が強いが、記録を読めば必ずしもそうではないことがわかる。

彼も若い頃は、槍《やり》の血《ち》溝《みぞ》に流れる紅いもので手を染め、腐臭《ふしゅう》を嗅いで戦場を往来した男である。決して武道不覚悟ではなかった。

たとえば、秀吉は刀好きであった。湯《ゆ》浅元禎《あさもとさだ》が戦国の故実を集めた『常山紀談《じょうざんきだん》』の中に、

「豊臣関白五腰《いっこし》の刀の主《ぬし》を察せられし事」

というのがある。

ある日、伏見城中において、諸将の刀を預かる部屋に秀吉が来た。壁の刀置きに折り

しも五腰の刀が掛かっている。これに目を止めて、

「誰の佩刀《はいとう》か当ててやろうではないか」

傍らの前田玄以《げんい》にすらすらと名を言う。そのことごとくが当っていたので、玄以ばかりでなく刀預かりの者までが、

「さても関白殿下の御慧眼《ごけいがん》」

驚き入っていると秀吉大いに笑い、

「武士は往々《おうおう》にして、その性《さが》（性格）と差料《さしりょう》の造りが一致するものである」

たとえば、と改めてひとつひとつ指し示した。湯浅元禎の原文によれば、

「秀家（宇喜多）は美麗を好むが故に黄金を鏤《ちりば》めたる刀これなるべし。景勝（上杉）は父（養父の上杉謙信）の時より長剣を好めり。寸《すん》の延たる刀をこれに当てたりき。利家（前田）は、又左衛門と言いし時より先陣後殿《せんじんしんがり》の武功により今大国を領すれども、昔を忘れず。革巻たる柄《つか》の刀、これ他の主にあらずと思えり。輝元（毛利）は異風を好む、異なる体《てい》にかざりなせる刀これならん。江戸大納言（徳川家康）は大勇にして一剣を頼むの心なし。取繕いたる事もなく、また美麗もなき刀、其の志に叶《かな》いたり」

それが評判になって「関白の拵《こしらえ》鑑定《あて》」という言葉まで出来たが、当の秀吉はこれを聞くや途端に苦い顔をして、

「我も武門なれば、佩刀については平素より心配りがある。見抜けて当然。これしきの

事、気はしのきいた雑人《ぞうにん》づれにもなせる業《わざ》なり」

不興気《ふきょうげ》に語ったという。そこには、自分も武者の端くれ、馬鹿にするな、という軽い怒りが含まれている。

こういう気負いを持つ男であるから、彼は在世の間その権勢を利用して、天下の名刀と呼ばれるもの十のうち八九までを己が手中にしていた。

秀吉没して後の慶長《けいちょう》五年（一六〇〇）、刀鑑定本阿弥家《かたなめききほんあみけ》は、大坂城中の刀箱を調べて、「名物」と呼ばれる刀の大箱七つ、百数十腰まで確認したという。

豊臣家では、秀吉の逝去後四十九日を経て伏見の前田利家邸に諸将を集め、盛大に形見の刀分けをした。その二年後にこれだけ残っていたというのだから、生前の収集量がいかに膨大なものであったか、わかろうというものだ。

さて、この時に調査された名物の中身である。本阿弥三郎の名で内々、徳川家に提出された文書によると、

骨喰《ほねばみ》
一期一振《いちごひとふり》
鐺通《こじりとおし》
登り竜《のぼりりゅう》

義元左文字《よしもとさもんじ》
にっかり青江《あおえ》

といった不思議な名ばかり並んでいる。

このうち「骨喰」は、足利家伝来の品である。建武《けんむ》三年（一三三六）、京合戦に敗れて九州に落ちのびた足利尊氏に、地元三守護の一人大友貞宗《おおともさだむね》が贈ったという名刀で、初めは薙刀《なぎなた》の造りであった。人がこれを肌に近付けると、刃先の力が肉に感じられて下の骨まで冷々《れいれい》と沁《し》み通る。それほどの斬れ味というのである。

「義元左文字」は、名のごとく駿河の大名今川義元の佩刀《はかせ》であった。九州筑前の住人左衛門三郎の作。天文《てんぶん》六年（一五三七）甲斐武田家から輿《こし》入れがあった際、引出物として今川家に持ち込まれた。それが、世に言う桶狭間《おけはざま》の合戦に義元が敗れた時、織田上総《かずさの》介《すけ》信長の手に入った。信長はこの太刀をひどく気に入り、二尺六寸を四寸五分磨《す》り上げて茎《なかご》に、

「永禄三年五月十九日、義元討捕刻彼所持刀」

と金象眼《きんぞうがん》の銘《めい》を入れ日常差《つねのさ》しにしていた。敗者を恥しめる事これに過ぐるはなかろう。戦国の習いとはいえ酷いことではある。豊臣家にこれが入ったのは当然、本能寺の変後（一説には文禄《ぶんろく》年中）のことであるという。

最後の「にっかり」の由来はそれに比べると、話の中味が幾分柔々《やわやわ》としているのだが、本阿弥家がどうしてこの刀を目録の中に入れたかわからない。なぜなら、この「にっかり」、秀吉の生前すでに大坂城を出ているのである。

二

享保《きょうほう》年中というから、八代将軍吉宗の頃の話である。

江戸は本郷、御先手組頭石川某の屋敷内である夏の日、若い御家人たちが集まって白《しら》玉《たま》を食べる会があった。

石川は日置《へき》流弓術の名人であった。時折りこうして同役の若者を集めて早朝に弓を教え、終ると彼の妻女が手ずから作った食事を皆に振る舞ったという。武芸好きで気さくな男だったのだろう。

吉宗の時代は、それまでの惰弱な風儀が是正され、武士たちの間に尚武《しょうぶ》の気風が戻りつつあった。

弓術を事として集まった人々の会である。暑気よけに出された白玉の椀を抱えつつも、その会話は自然武張ったものになった。

やがて話題が諸家に伝わる名刀の話に移り、一人が言った。

「今を去る六十年前の明暦《めいれき》三年（一六五七）、江戸の大火にて御城御天守まで火のかかった折り、刀倉が焼けたは、いかにも惜しいことでござる」

明暦三年の大火とは俗に言う「振袖《ふりそで》火事」のことである。

「左様、柳営《りゅうえい》は二年ばかり西の丸に移され、五層の天守もこの時以来建たぬ。我が祖父の話によれば、かの名刀『骨喰』を含む千余の刀も焼身《やけみ》になったとか」

もう一人がそれを受けて言った。

「『骨喰』は越前藤四《とうし》郎《ろう》の作にて古今の傑作。刀運《とううん》も良い。足利十三代（義輝）が逆徒によって敗死した際は、松永弾正に分捕《ぶど》りされて焼身を免がれた。まわりまわって大坂の羽柴家（豊臣）に入ったが元和《げんな》落城の折りも、名も無き下郎が堀の中より拾いあげ、焼かれることなく二代様（徳川秀忠）の御手元に届いた。それが焼けるとは、刀の霊力も及ばぬ程の大火であったということであろうか」

この人物は若いながらも刀好きで、名刀の由緒も良く心得ていた。

「千余の焼身のうち『骨喰』は流石《さすが》に良質。焼け跡の灰に埋れていても、すぐにそれと見分けがついたそうな。後に三代下坂康継《しもさかやすつぐ》これを焼き直し、今に伝わっている。残念ながら地肌は鈍り、刃文《はもん》は直刃《すぐは》となったがこれは仕方の無いことだろう」

庭の青葉を愛でつつ、その訳知りは椀の中味を啜《すす》った。

「では、もう大坂伝来の刀で無事なものは皆無でありましょうか」

端の方に座っていた前髪の取れたばかりと見える若者が、先輩に尋ねた。

「無いな……、いや」

訳知りは箸を止めた。

「豊家《ほうけ》（秀吉）が生存中、諸家に分け与えたうちに『にっかり』と申す刀がある。これはたしか、丸亀京極家に今も保存されていると聞く」

「『にっかり』とは、また妙な名でございますね」

「名刀は多く異名を持つものだ。さて、由来はどこから来たのか。たしかどこかで」

読んだ気がするが、と訳知りは首をひねった。間に元禄という惰弱な時代を挟んでいる。もうこの頃には、一部の好事家《こうずか》をのぞいて刀の伝承などわからなくなっていたようである。

「『にっかり』は、日借《にっか》りが訛《なま》ったものではないか。一時は貸し刀になっていたのだろう」

「京極家は元、大津宰相とまで呼ばれた家柄である。口入れ屋、装束《しようぞく》貸しのような真似はよも、すまい。『にっかり』とは日課の刀手入れを指す言葉ではないのか」

若侍どもは声高に語り合うが、どれもきめ手に欠けた。それぞれ勝手な推理をするうち、主人の石川某が弓場の跡片付けを済ませて座に加わった。

「御一同、何をお話しか」

いや、かくかくしかじか、と説明を受けた石川、

「ああ、そういう故事来歴なれば」

生き字引を知ってござる、と微笑《ほほえ》んだ。

「この先のうなぎなわてに一人の老僧がござってな。我が家の遠縁に当る者だが、和漢の書に通じ、易《えき》も立てる。武家の出なれば、何やら本も読んでござろう」

多少のクセはあるが気さくな人物であるから、ひとつ呼ぼう、とその場から下男を使いに立てた。

小《こ》半刻《はんとき》（三十分）もせぬうちに、僧は汗を拭き拭きやって来た。

古地図によると、鰻畷《うなぎなわて》は現在の文京区向丘一丁目、本郷通り沿いに名が残る。附近には今も寺が多い。石川某の屋敷は、加賀前田家の一角へ食い込むようにして描かれているからこれは弥生町の交差点近くであろう。ほとんど同じ町内であった。

「愚僧は義観《ぎかん》と申す」

目が小さく頬は深々とこけた貧相な面構えの小男であった。曹洞宗の僧である。

「易の他に、大小の神祇《じんぎ》についても心得があり申す」

己の知識を誇示した。曹洞宗は座禅による教えを基本とするが、我が国固有の俗信についても、よほどの淫祠《いんし》でないかぎり認めるというおおらかさを持っている。

「見れば方々、お若《にゃく》いにもかかわらず武家の故実を得んとの心がけ。感心な事じゃ。何なりとお聞き下され」

一同はその知識誇りに少々鼻白《はなじろ》んだが、まあ良い暇つぶしになろうと思い「にっかり」の語源を尋ねた。

「にっかり……、ああ、あのにっかりでござるか」

さてもさても、と僧は青く剃りあげた頭を撫で、ひとしきり笑い続けた。

「笑ってばかりおらず、早よう教えて下され」

一人の若侍がむっとして問うと、僧は袖口で唇の唾を拭い、出された椀の白玉をくっ、とひとつ飲み込んで、

「これ、このように口元をゆがめて笑顔を見せる。その形が『にっかり』でござるよ」

「………」

一同顔を見合わせた。つまり、にっかりとは、「にっこり」とか「にたにた」という笑い顔の形容なのである。

「それでは、あまりにも」

人を食った話ではないか、と誰かが言った。

「左様、人を食った名でござるが、嘘ではござらぬ」

義観は、おろし大根に混ぜた三杯酢をすっぱそうに啜った。当時は、白玉を夏場このように賞味したものらしい。

「うまい白玉汁でござるな。もう一杯お願いいたす」

やむなく脇に座った侍が、自分の椀に入っていた白玉を僧の椀に移した。

「かたじけない」

これもうまと口に入れて義観は頭を下げた。

「法話も炉辺《ろへん》の閑話も、もったいをつけ過ぎれば不興をかう。彼《か》の名刀の由来、早々《はやばや》語り申そう。これもずいぶん変った話でござるよ」

居住《いずま》いを正した。

三

僧義観の語るところによれば、刀は備中国万寿東庄《まんじゆひがしのしよう》の住人、貞次の作という。

貞次は俗に青江貞次と呼ばれ、同国新見庄《にいみのしよう》周辺の良質な鉄を使うことで知られている。

「鎌倉の初め、武家の政治に憤りを感じられた時の上皇後鳥羽院は、密かに鎌倉討伐を御決意なされたが、その士気鼓舞を目的として全国より鍛冶《かじ》を召され、また御手ずから焼刃《やいば》なされた」

「『御番鍛治《ごばんかじ》』でござるな」

「然《しか》り。この時召し出された刀匠、備前・山城粟田口・備中の名工を選りすぐって十三名」

義観は唇を嘗めた。

「御退位の身とは申せ雲上の君。賤しき者に御肩並べ御膝組ませて横しまに武道を好ませ給うは、賢王聖主の直《すぐ》なる御政《ぎょせい》に背き給うことにてござる。青江貞次は、院の御召しによって承元《しょうげん》元年（一二〇七）より毎年二月、二位《にい》法印尊長《ほういんそんちょう》が奉行にて鍛刀《たんとう》。その斬れ味は、院に仕える北面、西面武士の垂涎の的となり申した」

侍たちは椀を膝に置き、黙って聞いている。

「さて、院、承久《じょうきゅう》の乱に敗れ辺地に遷行《せんこう》あらせられて後は、御所にて造られし刀多く散逸し申したが、ここに一振り」

神前に奉納された刀ゆえ生き残ったものがある。

「近江国は栗田（栗太）郡脇山の日吉《ひえ》社《しゃ》に天正《てんしょう》の頃まで置かれてござった。が、ある日、土地の者これを奪い逐電《ちくでん》いたしてござる」

栗田郡には古来日吉社の神領《しんりょう》が多い。後鳥羽院は、鎌倉討伐の兵を集めるため畿内の寺社領に手を広げていた。刀の奉納はその時のものであろう。

青江貞次は、約三百五十年間脇山の社にあった。普段は祭礼の道具を収めておく倉の、半ば朽ち果てた梁《はり》に縄で吊してあった、と伝えられている。

近隣の者は、この倉を「鳥止まらずの倉」（あるいは「烏来たらずの倉」）と称して畏怖し、日頃は近付こうともしなかった。鳥ばかりか軒に蜘蛛も巣を作らず、鼠さえ倉を避けけて通った。この不思議は全て、青江貞次が梁に掛かっていたからという。その名刀が奪われた。なにせ、悪党の跋扈《ばっこ》する戦国乱世。神威を軽んずる者も多く出た時代である。盗人は当地の土豪、大音《おおね》孫右衛門《まごえもん》の息子で半介《はんすけ》。齢《よわい》、十五であった。

半介は孫右衛門の実子ではない。後妻の連れ子である。母は同国近江土山の出であったという。父は諸国に戦稼ぎをする牢人《ろうにん》であったが、永禄十二年（一五六九）織田信長の伊勢大河内《おおかわち》城攻めに参加して戦死。彼女は幼い半介を抱えて縁を頼り、脇山の大音村へ移り住んだ。

大音孫右衛門は近隣に聞こえた子沢山で、先妻や妾との間に出来た子は二十数名。この中にあっては、連れ子など下人以下の扱いである。ろくに食べ物も与えられず、家畜小屋の裏手に泥だらけで眠る生活が十年以上も続いた。これではたまらぬ、と思ったのであろう。半介はある日、立身を決意して家を抜け出した。

父の真似をして傭い武者を志したが、素手では如何ともしがたい。せめて腰刀《こしがたな》など家から持ち出そうと孫右衛門の住いを窺ったが、これも隙が無い。

ふと、思い浮かんだのが村の社の倉である。

「そうか、あそこには太刀がある」

家で召し使われている老人が、貞次の刀について幼少の頃から種々の話をしてくれた。

半介はこれを覚えていたのである。

月夜の晩を待って日吉社の杜《もり》に忍び寄った半介は、鍵もかかっていない倉にさらさらと忍び入った。梁を見上げると噂通り細長いものが下がっている。

「あれが御神宝か」

軒の破れ目《やめ》から十四夜月《こもちづき》の光がさし込み、太刀の鞘《さや》に結んだ白い麻の紐が見えた。真新しい結び目は、毎年大祓《おおはらえ》の日に結び代えるものという。

半介、初めはためらったが、

「ええい、我もこの神の氏子じゃ。氏子が立身を心がける時、それを止める神などござるまい」

日吉山王の御名《みな》を唱えて梁に昇った。手を伸ばし、危ない形で白い麻紐を解こうとすると途端に太刀が鞘走った。

「あっ」

と半介が叫んだ時は刀身が下に落ちている。太刀の鎺《はばき》近くまで床に潜り、鋒《きつさき》は根太《ねだ》を貫いていた。

半介はあわてて下に飛び降りて太刀を引き抜いた。

まるで水田に刺した小竹を抜くような柔らかい引きごたえである。

「これは……」

長年、手入れをせぬ太刀にもかかわらず、刃先はすさまじい輝きを放っていた。

この瞬間、貞次は半介のものとなった。彼は再度山王の御名を口中に唱え、太刀を抱えて夜の闇に逃げた。


大音半介は京に向った。傭い武者であった父の友人を頼り、武家奉公人にでもなろうという腹であった。

近江出身の野伏《のぶせ》りあがりで多少鼻のきく者どもは、この時期、大挙して羽柴家に流れ込んでいる。天正十年（一五八二）六月、明智光秀を山崎に破った秀吉は、織田政権の継承者と目され、日の出の勢いであった。

半介は秀吉の縁者である浅野弥兵衛《やへえ》長吉《ながよし》（後の長政）の若党になった。筒袖《つつそで》に陣笠ひとつ。小荷駄の軍夫より幾分ましな役目だが、長吉の身近で雑用を勤めるうちに目をかけられ、同年八月、同族の杉原家次とともに長吉が京都奉行職につくや足軽小頭に出世した。さして武功もない少年が短期間にここまで昇ったのも、羽柴秀吉と彼に連なる人々の急速な成長のおかげである。

翌年、半介は賤ケ岳《しずがたけ》に従軍した。戦後、浅野家は近江瀬田城主。続いて近江の甲賀・栗田両郡のうち二万三千石を領する。

半介も五貫文《かんもん》を貰う徒歩《かち》の武者になって大津城に出仕。これが僅か二年の間の出来事である。

「これぞ貞次の霊力ならん」

彼は喜んだが、主人浅野長吉の足元にはこの時、恐るべき落し穴が口を開けていたのである。

賤ケ岳合戦が終って五ケ月後、近江では秀吉の命令によって田の竿入れ《さおい》（検地）が実施された。十月に検地帳が秀吉の元に提出され、ほっとしたのもつかの間、長吉はその秀吉に叱責を受けた。

帳簿に多くの記載漏れが発見されたのである。長吉はあわてて弁明のために秀吉のもとへ向ったが、この間に近江蒲生《がもう》郡今堀《いまぼり》の名主善左衛門《ぜんざえもん》以下八十余名が検地の不満を唱えて逃散《ちょうさん》をほのめかし、彼の立場はますます悪くなった。

大坂に着いて長吉は、この一件が全て秀吉の側近石田左吉《さきち》（三成）によって画策されたことを知った。石田は、近江の農民に同情して検地に手ごころを加えた長吉を許せなかったのである。

石田の指摘によって長吉は再検地を命ぜられ、記載から漏れた土地に懲罰として六割の税をかけるよう指導された。長吉の面目はつぶれ、しかも領民の怨嗟の的となった。

農民に寛容をもって接するを信条とする長吉にとって、これはたえられぬことであった。

「おのれ、石田の茶坊主が」

長吉は憤りながらも考えた。

「石田左吉、近江出身とは申せ、我らの領内をあまりに知り過ぎている。これは、甲賀・栗田の両知行地に内情を漏らす者があるに相違ない」

家中でも、検地の内容が易々と石田三成へ流れたことで疑惑が生じていた。

「誰ぞ土地に明るい者を放って、領内を探らせよ」

石田の間者がおれば、内々のうちに斬って捨てよ、と長吉の命が下った。徒歩の軽輩数名がこの役についた。栗田郡脇山の事情に詳しいというので半介も人数の中に入っている。

四

半介は、破れ笠に四幅袴《よのばかま》。腰には塗りのはげた太刀拵《たちごしらえ》。戦にあぶれた牢人の体で、育った村に出発した。

長吉の居城坂本から大津、そこから瀬田を渡って栗東。

行商に化けた他の密偵と別れて一人、石辺から遠まわりして脇山に入った。

村の入口、日吉社の杜に隠れて夜を待ち、政所《まんどころ》と土地の者が呼ぶ崩れかけた砦の跡に向う。ここが半介の指定した仲間の集合場所であった。

脇山が惣村《そうむら》（自治制の独立村落）であった頃は、村人が半鐘ひとつでここに立て籠り、野伏りや社領の下司職《げししき》と合戦を繰り返した。しかし、今は領主の収奪体制が整備されて砦も墓地と化している。

「浅野の衆、浅野の衆」

半介は墓地の一角にしゃがみ、暗がりに呼びかけた。

「隠れずとも良い。わしじゃ、半介よ」

確かに居るのである。仲間の密偵どもは半介よりも一日早くこの土地に入って、村の内《なか》を調べている。彼らは行商人の形《なり》で村民と会話を交し、不審な者あれば半介に伝える。翌日、半介が様子を見て捕え大津の城に送るか、皆でその場に押し包み密殺するという手はずであった。

不審な者が無い場合は次の村に移り、その村の出身者が中心となって同じ行動をとる。当時、新領を得た武士が逃散百姓を捕える時、よく使った手だ。

「皆の衆、出よ」

返事が無い。夜風が半介の頬をなぶって通り過ぎた。

風の中に生臭さがある。

血だ、と半介は直感した。地面に手をつき、茂みの中を探っていった。砦の堀跡を覗き込んで、

「くっ」

思わず息を飲んだ。汚水が溜った堀の中に数名の男が折り重なっている。竹の子笠を被り、背に皮籠《かわご》を負っていた。行商に化けた密偵が一人残らず殺されているのだった。

何者の仕業か、と半介は震える膝を手で押さえつつ堀の下に降りていく。汚水と見えたのは血溜りであった。死骸は傷口が大きく、無残なものである。

「何者がこのような」

切り裂かれた身体は、どれも生温かい。手を下した者はまだ近くにいるのではないか。と、突然、茂みの一方が明るく輝き、

「半介、汝《われ》は半介ではないか」

名を呼ぶ声がする。

「誰ぞ」

振り返ると、宙空に巨大な不動明王《ふどうみようおう》の像が浮かんでいた。

右手に剣、左手に羂索《けんさく》を握りしめ、頭髪は端を束ねて左肩に垂らし、火焔《かえん》の光背《こうはい》を背負って、仏教の教え通りの姿である。ただ、顔に忿怒《ふんぬ》の相が無い。火焔に照らされたその面《おもて》は、笑いに満ちている。

「久しぶりじゃ、半介」

半介は恐ろしさのあまり、膝の裏が引き攣《つ》れるのを必死でこらえた。

「汝は数年前、日吉社の神宝を奪って戦場稼ぎになったと聞く。ようも、おめおめと戻って来られたものよ、のう」

不動明王は、にかりにかりと笑いながら、少しずつ近付いて来た。

半介、腰を浮かせ、思わず二、三歩後退《あとずさ》った。不動明王が音も無く後を追う。半介は茂みの根に足をとられて上体を崩したが、危うく木の枝を摑んで踏んばった。

その時、太刀の足金物《あしかなもの》が指先に触れた。

（そうか、これがあった）

と渡《わた》り巻《まき》に左手を掛け、柄を反らすとどうしたことか切羽《せっぱ》もくつろげぬうちに刃が鞘走った。

不動明王の顔から笑いが消えた。

「化物」

そのまま柄を握って一気に振り降した。山の芋を斬り折るような軽い手ごたえがあって、あたりは再び暗くなった。

半介はしばし呆然と立ち尽したが、ようよう我にかえり、砦の堀から外に飛び出した。

（仲間は皆、あの妖怪に殺されたに相違ない）

ともかく村の境を出ることだ、と思った。この時代の物怪《もののけ》は存外律義なもので、とりついた場所からあまり動かぬとされている。田や村の出入口に祭られた塞《さえ》の神、六地蔵はこれらを足止めする守り神なのである。

(あと少し)

脇山の名のもとになった村境いの小さな丘まで、半介はひたすら走った。

前方に大きな赤松が枝を広げ、根元に何やら黒いものがある。半介が幼い時分によじ登って遊んだ六尺の大地蔵である。近江は奈良朝の頃から石彫りが盛んで、この程度のものならあちこちに立っている。

(村境いの地蔵尊、あそこを越えれば)

半介は、さらに足を早めた。

地蔵の脇を通り過ぎようとして何気なくそちらを見ると、石の台から人影が立ち上り、

「半介やい」

「あっ、母者《ははじゃ》」

懐しい母の顔がそこにあった。

「必ずここを通ると思い、待っておった」

「わしが来ることを知っておったのかや」

母親は小さくうなずいた。

「知らいでか。新しい殿さんの御下知《ごげち》で村を調べに参ったも、承知しておる」

ここは危ない、逃してやるゆえついてこい、と母親は手招きした。

「ありがたし」

半介は肩の力を抜いた。

「こちらに来い。村の者は、汝をうらんでおるぞ。神宝盗みの罪は、たとえ殿さんの御家来衆となっても消えるものではない」

「神宝とは、これのことよな」

半介は母の前で腰の太刀を撫でた。

「おお、それ」

母親は汚れた小袖からシワだらけの腕を差し伸ばした。

「よこせ。この婆が口添えで返しておこうほどに」

にかり、と笑った。その瞬間、半介の背筋の生ぶ毛が逆立った。

（この者、母者ではない）

弾けるように飛びすさり、太刀を抜いて一文字に斬り下げた。これもたしかに軽い手ごたえが柄の内に感じられ、母と見えた影は闇の中に没した。

「妖怪、再度我をたぶらかすとは」

しかも、このたびは老母の姿を見せて彼を眩惑させた。半介は太刀を握りしめた。

「許せぬ」

物怪に対する恐怖よりも怒りが先に立った。

（村に立ち戻って必ず斬り殺してくれん）

こちらには二度までも相手を撃退した神宝の太刀がある。

夜道を戻った半介は、とりあえず養父大音孫右衛門の屋敷を覗いてみることにした。

茅葺《かやぶ》きの長屋門から中を窺えば、意外にも人であふれていた。中庭に大篝《おおかがり》が焚《た》かれ、薙刀を摑んだ小作人が右往左往している。まるで、今すぐにでも野伏りの来襲があるかのごとき様子であった。

「者ども、小半刻で押し出すぞ。浅野の間者、朝方までに一人も余さず討ってとれ。逃がせば後々面倒ぞ」

当主の大音孫右衛門が声高に叫んでいる。百姓とはいえ、近江が六角領であった頃は軍役も勤めた家柄。その猛々しさは並の武士など及ばぬものであった。

（養父が我が主人に弓ひいている）

半介は歯ぎしりした。足音を忍ばせて屋敷内に入り、様子を窺った。物怪よりも、今はこちらの探索が大事であった。

長らく暮した屋敷である。どこでも忍び放題。内木戸の隠し桟《さん》を外して台所に潜り、竈《かまど》の向うを見た。

そこに二人の男が横たわっている。

（見かけぬ者ども）

上半身は裸で、肩口に血の滲んだ布を巻きつけている。

（武士だな）

半介は目を細め、男どもの身体つきを観察した。額に鉢《はち》ずれがあり、胴にも具足の紐ずれが刻まれていた。

耳をそばだてていると、二人の交す会話が聞こえてくる。

「雑兵と見て侮ったが不覚じゃ」

「人は見かけによらぬものよ。あれほどの腕を持っておろうとは、の」

「いや兵法の腕前は、さほどの事もない。得物《えもの》の長さよ。雑兵づれが太刀など使いおって」

「いずれにせよ、浅傷《あさで》でよかったの」

「傷が癒えた後は必ずあ奴を探し出し、我らが術で、仲間のもとに送ってくれよう」

（こ奴らが、砦の堀際で使いの衆を皆殺しにしたのだな）

不動明王や老母に化けたのも二人の仕業と悟った半介、のっそりと竈の陰から立ち上がった。

「方々」

寝ている男たちに歩み寄った。

「当家の百姓か」

めて一目散。


「違う」

「では……」

「おのれら化生《けしょう》が不覚をとった雑兵とは、これよ」

騒ぐ間も与えず二人を刺し殺した。台所の土間で首を打ち落すと、手近な桶に押しこめて一目散。

石辺を経て、明け方には味方の瀬田城に入った。

「栗田郡脇山の一件、かくのごとくでござる」

半介が口上とともに二個の首を差し出すと城兵は驚き、浅野長吉へただちに使いを出した。

五

長吉は大坂から馬をとばして瀬田の支城に入り、大音孫右衛門以下謀反百姓どもの召し捕りを命じた。

半介の運んだ首も、この時実検が行なわれた。

「二つとも見知った面《つら》でござる」

と言ったのは長吉の近習、神子田《みこだ》助作《すけさく》という甲賀出身の侍である。

「彼の者らは、それがしと同じ甲賀油日《あぶらひ》の神人《しんじん》あがりにて、目くらましの達人。昨年までは無足《むそく》（土地無し）の身上なれど今は禄取りと聞き及びます」

「いずれの家中か」

「近江水口。石田三也《さんや》（左吉三成）殿が軒猿《のきざる》を勤める者にて候」

「けっ、やはり茶坊主か」

長吉は激怒し、首を持って秀吉のもとに走った。

秀吉は大坂で城普請の指揮をとっている。大坂城はすでに天守の石垣積みを終えて、表御殿の組み上げが始まっていた。実は、この城の普請総奉行職を長吉は命じられていたのである。

「城の監理を捨てて、いずれへ参っておったか。弥兵衛」

秀吉は長吉を見るなり苦い顔で言った。

「奉行職放置は重罪。我が義弟にあらずば即座に斬首じゃ」

「事は、武門の意地にござる」

長吉は腐り始めた二つの生首を秀吉に披露した。

「石田左吉が、我が所領にて勝手の振る舞い。しかじかでござる」

長吉は石田の間者による家臣の殺害を訴えた。

「弥兵衛よ、それは、の」

秀吉は鼻の頭を掻いて、言い辛そうに口をすぼめた。

「左吉には、わしが命じたわ」

「何と申されます」

秀吉は驚く長吉に、彼の考えを噛んで含めるように説明した。

「これより天下は我が一手で動かされる。その力のもとは武にあらず。検地による米の御前帳《ごぜんちょう》登記と各地の運上《うんじょう》金銀よ。これで具足を買い、城を築き、遠国《おんごく》に兵を出す。特に近江の愛智《えち》郡、蒲生郡、栗田郡の蔵入米《くらいりまい》は重要じゃ。一粒といえどもおろそかにせず、全て我が手に握らねばならぬ。また当地は寺社領が多い。百姓は隙あらば石高をごまかそうと企む者ばかり。弥兵衛、わぬしは人が好過ぎる」

「そう思われますか」

「褒めてはおらぬ。人の好いのも阿呆のうち、と申してな。百姓に寛容は、これ罪じゃ。わぬしが検地に手かげんを加えるかぎり、こちらとしても左吉を動かさざるを得ぬ。石田の家はあれでも近江に知己が多い。脇山の大音家などは、親の代からのつきあいと申すわ」

「…………」

「それより、この首の斬り口。たいしたものよ」

秀吉は石田配下の幻術師の首を眺めて感心し、

「弥兵衛が、これほどの兵法達者を飼っているとは知らなんだぞ」

「兵法の者ではござらぬ。ただの足軽あがり。二十歳にもならぬ小わっぱでござる」

足軽あがり、と聞いて秀吉は興味を示した。

「その者に会《お》うてみたい」

さっそく半介は大坂に呼び出された。

場所は生駒山麓の小さな寺である。普段、秀吉はここで、大坂城の図面など眺めて暮している。

「その方が大音半介か」

対面場所の庭に出て来た秀吉は、半介の顔を見るなり大声で尋ねた。

(なんと天下様は御声が大きい)

「面《おもて》をもっと良うあげよ」

半介が首を持ちあげると秀吉は落胆した声で、

「左吉の軒猿を二人まで斬った者というから、どのような豪傑かと楽しみにしておったが、またこれは貧相な面じゃのう」

人のことが言えるか、と半介は腹の内でつぶやいた。秀吉は能面のような髭を生やしている。が、よくよく見ればその髭の両端から耳にかけて紐が伸びていた。付け髭なのである。それさえ無ければただ単に色黒のしわくちゃな農夫の面である。

「じゃが、たいした腕であるそうな」

半介は再び平伏した。

「首の斬り口に少しもとまどうた跡がない。弥兵衛の話を聞いて、人を脇山にやり検分させたが」

「へっ」

秀吉は半介の前にしゃがみ込んだ。

「汝が『にかり』と笑う不動を斬った場所に、大きな五輪塔が斜めに割れて倒れ、また村外れでは石の大地蔵が首を飛ばされていたと申す」

初耳であった。半介が目を白黒させていると、秀吉は小狡い笑いを片頰に浮かべて、

「ははあ、読めた。これは汝の腕ではないな。察するに刀であろう。見せよ」

半介の佩刀《はかせ》を持って来させた。

粗末な拵を抜き放つと、青江貞次二尺五寸の青々とした刀身が白日のもとにさらされた。

「刃こぼれひとつ無いが、物打ちのあたりに小さな引き傷がある。たしかに石を斬ったようじゃ」

秀吉は刀身を鞘に収めると言った。

「これを余に献上せよ。以前より魔避《まよ》けの太刀が一振り欲しかったところじゃ」

「天下様のお召しとあれば、是非もございませぬ」

「ところで半介」

　秀吉は太刀を近習に渡すと急に恐い顔をして、

「汝は幻術とは申せ、懐しかるべき母の姿に太刀を振るったそうじゃな。親不孝とは思わなんだか」

「初めは母者が姿にも思えましたが、とてつものう違うて見えるところがございました」

　生まれてから一度も見たことの無い形である、と半介は言った。

「ほう、それは何じゃ」

「笑い顔でございます」

　母は半介が幼少の頃より気苦労が多く、脇山へ後妻に入ってからは笑顔ひとつ見せなくなった。

「『にかり』と笑う顔を、あの晩生まれて初めて目にしてございます。不気味なものでございました」

「物心ついてから母の笑顔を見たことが無かったと、な」

「はい」

　秀吉は悲し気に半介を見降ろし、それから急に手近な文箱《ふばこ》を引き寄せて筆を走らせた。

「これは、汝にくれてやるのではないぞ。母者にもって行け」

近習が半介に紙片を渡した。下知状である。栗田郡脇山大音のうち十貫文、並びに愛智郡上津村《かみつ》五十貫文を隠居の料として与えるとある。ちょっとした馬廻り役の収入に近い。

「母者を大切にせよ」

「こ、これは」

秀吉はそう言うと、満足そうに太刀を持ち、部屋の奥に消えていった。

「かような仕儀にて青江貞次は豊家のものとなり、大音半介も出世いたした。名刀の霊験、かくのごとくでござる」

義観は語り終えるや白玉をつるり、と飲んだ。

「母の名義で禄数十貫を貰った半介は、やむなく浅野家を出て豊家の馬廻りになったそうな。豊家としては近江の愛智・神崎両郡の蔵入地（直轄地）に代官を傭い入れたも同然。気に入った人材を高禄や恩義で引き抜くは、俗に『豊太閤の人たらし』などと申してな。徳川家《とくせん》にもその例が多ござる」

「『にっかり』のその後は」

若侍の一人が尋ねた。義観は首を振り、

「方々も御存知の通り、豊家関白就任の際、鳳輦《ほうれん》に供奉《ぐぶ》した京極侍従（若狭守高次）に与えられ、以後、京極の家の守り刀として各地を転々。丸亀五万二千石となってより四国讃岐。参勤の際は当主佩用が慣いゆえ、今は江戸の京極上屋敷にござる」

　ただし、この刀には別の伝承がついている。にかりと笑う化不動を斬ったのは、京極家の祖先佐々木家に仕える駒丹後守という武士。場所も近江蒲生郡長光寺《ちょうこうじ》とされる。元亀年間、柴田勝家が長光寺入城後は、養子勝久が刀を所持し、丹羽長秀が賤ケ岳で捕獲。長秀は、羽柴姓を貰った息子長重にこれを与えたが即座に秀吉が召しあげた。

「この話を裏付けるかのように、京極『にっかり』は茎《なかご》に『羽柴五郎左衛門尉《ごろうざえもんのじょう》』の象眼銘が入ってござる。世上流布する押形《おしがた》の本にも、これはっきりと描いてござる」

「されば御坊がお話しの近江脇山が御神宝話は、全て眉つばでござるな」

　意地悪そうな面つきの侍が、鼻で笑った。義観これにも首を振り、

「世に『にっかり』と名付けられし刀、この他にも浅野家の足軽某が、伊勢国を旅して山中に化地蔵を斬る話。近江にて領主中島家の庶子、石灯籠の妖怪を斬る話。また備前宇喜多家の足軽、夜中に笑う火を斬る話など数々ござっての。つまり、同じ名の付いた刀は、今のところ五腰ばかり残ってござるげな」

「ふーむ」

　人々は名物伝承の奇々怪々さに呆れ果てた。

「ところで、御坊」

白玉をまだ大事そうに食べていた一番年下らしい侍が、ふと箸を置いて、

「刀集めが好きな関白は、なぜ京極家にだけ愛玩の品を譲ったのでござろう」

「それそれ、それじゃよ。鳳輦供奉の大役を賞したというが、の」

義観は、まだ物欲し気に若者の椀中を窺っていた。

「刀を近江の旧主の家筋に戻した方が安心と思うたのでござろう。一説には豊家、夜中大坂城内において刀の手入れの間、刃先が淡々と輝いて、にっかりと笑ったがため恐れて手放したと申す」

「ははは、ここでもにっかり、でござるか」

またしても意地の悪い奴が、義観に嘲りの笑いを浴びせた。

「刃先がどうやって笑うのでござる。御坊、とりとめも無い話でござるな」

途端に義観、むっとして、

「万物は皆心を持つ、がこの日の本の大小神祇の御教《みおし》えでござる。我が身は禅家なれど、よろしい。証拠を見せてさしあげよう」

隣に座っている若者の椀を取りあげ、喝《か》っと、一声。

「中をごろうじられよ」

人々は椀に顔を寄せた。

『江戸往来記』には、この時のことがこう書いてある。

いかなる技にてやありけむ。椀中の白玉、一時に口を曲げて、にかりと笑いける。

大根おろしと三杯酢にからまった白玉の団子が、にたにたと笑ったらしい。その気味悪さに侍たちがのけぞると、義観は澄まし顔で、

「いや、児戯に等しき事をいたし申した」

さっと席を立って、帰ってしまった。

後で主人の石川某が苦々しい顔で言った。

「彼の僧は、時折り幻術《あれ》をやるゆえ、縁者は皆迷惑しておる。悟りきれぬ坊主よ」

人々が何度問うても、とうとう寺の名を明かさなかった。

御先手組の若者たちは、その後、駒込、本郷はもとより谷中、小石川のあたりまで足を延して義観の寺を探したが、それらしい老僧はついに見つからなかったという。

将軍吉宗は、どこでこの話を聞いたものであろうか、『にっかり』を見たいと言いだした。享保十七年（一七三二）、京極屋敷に「御成《おな》り」して、同家の祖、近江源氏佐々木家累代の馬具、弓箭《きゅうせん》とともに一覧したという。

# すえひろがり

一

〽わしとお前は奈良刀、切っても切れぬ仲かいな。

と人は謡《うた》った。奈良刀は昔から鈍刀の代名詞である。辞典にも、

『室町時代以来、奈良付近で大量に造られた粗悪な刀。後には鈍刀にいう。奈良物』

（広辞苑・第四版）

と出ている。

こんな物言いが人口に膾炙《かいしゃ》しては、南都の刃物打ちもさぞや商売がし辛かったであろう、と他所事《よそ》ながら心配になってしまうが、その割りには近世に至るまで奈良刀の需要は高かった。

「折れず曲らず良く切れて美しい。日本刀こそ万国一の刃物である」

と人は言う。しかし、刀は単に、鑑賞のためのみに存在していたわけではない。美術

館の陳列ケースに収まるような刀を、昔は上下こぞって腰に帯びていた、と考える方が間違いなのである。

戦場《いくさば》では刀も手荒い扱いを受ける。水平に構えて肉を貫き、骨を割り、あげくは人が身にまとった鉄板に叩きつける。とても斬るという行為ではなかった。

江戸時代、越後高田松平家（一説には榊原家）では、

「合戦において、刀は折れぬことこそ良かれ」

斬れ味は二の次である、と藩御抱えの鍛冶に打たせた刀を以下のごとく試した。まず板の上に並べ、樫の木で強打して破砕せぬものを集める。さらに石垣の隙間に差し入れ、刀棟《むね》に体重をかけて足掛け代りに使ってみる。曲り具合を確めた後、戻り（刀身が元の形に直る）の良いものだけ納入させた。あまりの苛酷さに刀鍛冶が領内から一人残らず逃げ出してしまったという。

要は実用の道具ということなのだろう。元寇《げんこう》の前後から我が国の戦いは徒歩立ち集団戦に移行し、練度の低い下級の戦闘者が多数動員される世となった。兵仗《へいじょう》の大量装備が武家の首領たる者の嗜《たしな》みになって、刀剣の量産を促した。

使い勝手の良い、廉価な消耗品の必要な時代が出現したのである。

応仁の頃、一乗谷《いちじょうだに》に本拠を置き越前一国を掌握した朝倉敏景（孝景）は晩年、十七ケ条の家訓を残したことで知られているが、その第四条に、

『名作の刀、脇指等さのみ好みまじく候』

という一文がある。

凡《およ》そ将たる者は一人身を飾る心根を捨て、その分を下卒の用に振り向ける心掛けが無くてはならない。

『仮りに一万疋《びき》（の価格を持つ）太刀刀を持ちたりとも百疋鑓《ひやっぴきのやり》百丁には勝《すぐ》れまじく候』

敏景は家臣らに説いた。この男は応仁の乱終結の九年後に五十四歳で没したが、当時、京童《きょうわらべ》はその死を聞いて大いに喜び、『朝倉弾正左衛門《だんじょうざえもん》（敏景）、越前に於て死去すと云々。惣《そう》じて別に珍重《ちんじょう》。（この男は）天下の悪事始行《しぎょう》の張本《ちょうほん》なり』

結構至極なことだ、と日記に書きつける程の嫌われ者であった。主家斯波《しば》氏を領国から追い払い、公卿の所領、寺社の荘園を次々に略奪横領していった下剋上を地でいく人物である。

前代の常識などくそくらえ。現実に即して生きられぬ者など路傍に転がる骨にもなれよかし、と唱えて進む敏景にとって奈良物の槍、刀こそ自らの理想を具現化させる良器であったのだろう。

もっとも敏景が揃えていた粗製刀は、大部分が所領の一乗谷で打たせた越前鍛冶の作であった。純粋な奈良物は少なく、系統としては隣国美濃の関《せき》鍛冶に近いものという。他に買い足しとして、若干の末備前《すえびぜん》があったと記録に残っている。

末備前は室町の中期から末期にかけて、今の岡山県長船《おさふね》町周辺で鍛えられた刀を指す。これも奈良物と同じく数打ちの大量生産であった。

備前の国は平安の時代から刀剣の産地として栄えてきた。同国の吉井川上流で採取される良質な砂鉄、木炭が川を下って岩戸《いわと》・和気《わけ》・吉井・吉岡・長船・福岡の辺《あたり》に陸揚げされ、ここで製品となる。

中でも長船は鎌倉の半ば、豪壮な作風で知られる光忠《みつただ》が登場して以来大いに作刀技術が進み、質・量ともに他を圧倒した。そして、南北朝の頃には、長船物が備前刀の代名詞になり、「備前国長船住人某」と銘の入った刀剣を所持することが武士の自慢ともなった。

正平《しょうへい》五年（一三五〇）足利尊氏は、九州で勃発した反乱を鎮圧するため西下し、十《し》一月《もつき》から翌年初めまで備前福岡の城に滞在した。この間のことである。尊氏は近隣に住む長船派の正系兼光《かねみつ》を呼んで作刀を命じている。

兼光は鎌倉の末、元亨《げんこう》（一三二一〜二四）の頃より鍛冶を始めて室町初期の文和《ぶんな》・延《えん》文《ぶん》（一三五二〜六一）の時代まで名を残す当時としては息の長い刀工だが、この頃、太刀で三尺、短刀腰刀で一尺以上という長大な形を好んで作っていた。

尊氏の注文で打った一刀もそんな大業物《おおわざもの》であったのだろう。出来上りを見て尊氏はい

たく感激し、

「急ぎ試しをいたすべし」

とて、陣中にあった鎧二領と兜を置いて試したところ、その全てが両断された。察するにこの兼光作は背負い大太刀のようである。

尊氏は兼光の技量を賞し、同地に一町四方の屋敷を与えた。一辺が約一〇九メートルの敷地といえばかなりのものだ。兼光は拝領の屋敷に堀を穿《うが》ち、板塀をめぐらせ、四隅に櫓《やぐら》をかかげた。ちょっとした小領主の体裁である。

『備陽国志《びようこくし》』なる書物には、尊氏が屋敷地に合せ六万貫の地も授けたと出ている。この厚遇振りは単に作刀の褒美というより備前長船鍛冶の足利方引き入れ政策、兵器の安定供給を考えてのことに違いない。もっとも尊氏は直後、畿内において挙兵した弟直義《ただよし》と戦うため備前から兵を返している。二月十七日《きさらぎ》、摂津打出浜《うちでのはま》で敗れ弟の降人《こうにん》になったとあるから、六万貫の所領が現実に兼光の懐に入ったものかどうか、そのあたりは不明である。

ただ長船を含めて備前の鍛冶はこの後も繁栄を続け、抱える刀工の数も大変なものとなった。

室町の後期、世が戦国と呼ばれるようになると、前記のごとく粗製刀の量産が開始され、備前長船即ち名刀という観念もどこかに消し飛んでしまったようである。

鍛冶の組織化も進んだ。「鋌《てい》」と称する半製品の鋼《はがね》を川船で運び入れ、工房で加工し、消費地にまで輸送する巨大な組織が備前長船の辺に成立した。

室町幕府の財政に深く関与したことで知られる京都相国寺《しょうこくじ》の僧が残した『蔭涼軒日録《おんりょうけんにちろく》』長享《ちょうきょう》二年（一四八八）八月二十二日の項に、『一昨日、長船勝光《かつみつ》、宗光《むねみつ》の一党、備前より上洛す。凡そ六十員《にん》。千草鉄廿駄《ちぐさてつにじゅうだ》、人数百人許《ばかり》これあり。蓋《けだ》し鈎《まがり》の御所の尊命《そんめい》により、浦上方《うらがみがた》よりこれを召し上すと云々』と書かれている。

千草鉄は刀専用の鋼材である。前年の長享元年秋、近江守護六角高頼《ろっかくたかより》の横暴に怒った足利の若き将軍義尚《よしひさ》は、近江に出陣し鈎の里安養寺《あんようじ》に本拠を置いた。「鈎の御陣」と称するものがこれである。

備前の豪族浦上則宗《のりむね》は、陣中で使う鍛冶の動員を義尚方より命ぜられ、勝光・宗光の二人を送った。配下の工人六十名、鉄の素材が馬二十頭分。警備の軍兵百余を指揮するといえば、これはもう立派な武者の頭であろう。

実はこの二人、その五年前には実際に兵を率いて合戦にも参加している。

文明十五年（一四八三）のことである。守護赤松政則に叛いた西備前の松田《まつだ》元成《もとなり》は備後の山名氏と結んで兵を催し、同年十月、赤松方の浦上氏が守る備前福岡城に押し寄せた。

この時、福岡方に参加した武者の名簿《みょうぶ》に長船右京亮《うきょうのすけ》、同　左京進《さきょうのじょう》の名が見える。

前者は勝光、後者は宗光の官位である。両名は福岡城の外郭よりさらに外側、吉井川の渡河点板屋瀬《いたやのせ》（板の関）と呼ばれる地点に布陣して松田勢を待った。

このあたりは長船鍛冶の屋敷や郎従、工人の小屋が軒を連ねていたという。刀鍛冶師の本拠であったに違いない。

『備前軍記』の「松田左近将監《さこんしょうげん》が赤松家に叛く事」及び「福岡合戦の事」によれば、福岡の守将浦上紀三郎則国《きさぶろうのりくに》は勝光、宗光の軍勢が弱体と見て、香登新田《かがと》（現・岡山県備前市香登）の野伏りを合力《ごうりき》に差し添えたとある。

福岡城は備前が山名氏の領国であった当時、小鴨大和守《おがも》という者が吉井川の中洲を利用して作りあげた一種の水城である。浦上方は島山という中央の高台に櫓をあげ、堀を新たに掘り直し、川の水を流し入れて内部に二千の兵を籠めた。中洲にあった一千軒近い民家も堀の内側に取り込んで城の構えに利用したため、予想以上の堅固さになった。

寄せ手の大将松田左近将監元成は、城の北西吉井村に馬を寄せて川越しに敵陣を眺め、

「これは迂闊に手が出せぬ」

歯嚙みしたがどうしようもない。

「かと申して何もせぬでは味方の士気も衰える。加勢の備中勢にも嘲られるであろう」

どうしたものか、と左右の将に語りかけると、元成の嫡男で孫次郎元勝という者が進み出た。

「城は堀と川にて手出しかなわぬものの、敵《かたき》の一群は城より出て渡し口を守って候。まずこれを討つことが肝要でござる」

城は川の中洲にある。上流下流の渡河点を奪ってしまえば敵も良い気持ちはすまい。また城外の味方を見殺しにすれば、それこそ城側の士気は低下する。

「敵は鍛冶と野伏りでござる。名のある武者はござるまい」

鎧袖一触《がいしゅういっしょく》、指先にてひねりつぶしてくれましょう、と元勝は鎧の弦走《つるばしり》を叩いた。

「良かろう、ただし深追い無用」

元成は息子に命じた。

「敵をひと撫でしたらただちに引け」

松田勢が長船衆に襲いかかったのは十一月二十二日。昼合戦であった。

板屋瀬を渡河した元勝の先鋒《せんぽう》は、長船衆の守る柵を突き崩し、屋敷、工房、職人の住居に乱入して火を放った。

と同時に、川下の古津瀬《こづのせ》にも山名の加勢が攻め寄せ、守備の野伏り多数を討ち取った。

長船衆も野伏りも、本拠を焼かれては是非も無い。燃え盛る村々を後に福岡城へ逃亡した。

鎌倉以来続く備前長船鍛冶の本拠は、この瞬間一時的に消滅してしまったのである。

二

長船衆のうち老人女子供は福岡に籠り、浦上方の鍛冶手伝いを勤めていた。彼らは城の高台に上って炎上する村々を眺め、抱き合って泣いた。

やがて長船村の男どもが次々に城の門から入って来た。誰もが手負いの体である。わけても頭領長船勝光の姿は凄じかった。

黒革縅《くろかわおどし》の胴丸は大袖から草摺《くさずり》の辺まで征矢《そや》が隙間無く立ち、針鼠のようである。副将左京進宗光も同様で、こちらは被っていた筋兜の錣《しころ》を三段まで切り裂かれ、袖の冠板《かんむりいた》も打ち割られて綿上《わたがみ》にまで深々と太刀疵がついていた。

二人はそのままの形で大将浦上則国のもとに出頭し戦いの次第を語った後、長船衆の陣所に入って物具を脱いだ。

「傷を数えよ」

勝光は配下に命じた。

脇には軍奉行から派遣された検分役が控えている。負傷の箇所を披露し、合戦の「手《て》負注文《おいちゆうもん》」を作成するのである。

勝光の上申書に検分役は確認の所見と書き判を添えて大将に提出する。これが後に「軍忠状《ぐんちゆうじよう》」に変り本人の名誉と所領安堵のもとになる。

検分役の覚え書きにも書式がある。

「註進《ちゆうしん》す、手負人 交名《きようみよう》の事……」

勝光の家人が数える傷の詳細を一人が声をあげて読み、もう一人が筆先を嘗めなめ書き連ねていった。

「長船右京亮勝光、左手首一ケ所、骨を射徹《いとお》さる。同脇下、物具脇板より一寸上射徹さる。ついで馬手《めて》、籠手《こて》金具《かなぐ》肘金《ひじがね》一寸下石疵《いしきず》。同、右肩袖隙間二段目、水呑緒《みずのみのお》二寸下射徹さる」

続いて、

「左京進宗光、右袖四段目刀疵、馬手押付板《おしつけいた》及び肩先刀疵、頭上八幡座《とうちようはちまんざ》打ち跡、鞠《しころ》切り取られ 訖《おわんぬ》」

生身の傷は存外少ない。検分役の判定は「浅《せん》」。軽傷である。

全身に矢を立てられてこの仕儀とは、と人々が訝《いぶか》しむと、

「見られよ」

勝光は胴丸の草摺に立った矢を引き抜いてかざした。

「鏃《やじり》は桁刃《けたば》の切根《きりね》」

「いかにも」

検分役は征矢を見た。平口《ひらぐち》の鑿《のみ》に似た板状の刃物が篦口《のぐち》に突き出している。

「刃先がめくれておる」

「まさに」

「これは御津郡金川《みつのごおりかながわ》の鏃鍛冶が作りしものよ」

「流石《さすが》は長船の御嫡流でござるな。潰れた鏃で造り所まで御察しあるとは」

勝光は征矢をからりと投げ捨て、

「雑作もないこと」

寄せ手の松田元成は熱心な法華の信者で、領内の寺院をことごとく同宗のもとに改宗させ、居城金川に出入りする諸職《しょしき》の者も皆法華という。

「箆《の》を見られよ。口巻《くちまき》より一寸五分のところに朱で題目が書いてある」

検分役は目を近付けた。なるほど、南無妙法蓮華経の七文字が小さく描き込まれている。

「金川の鏃は鉄《かね》を選んで鍛える、と日頃き奴《やつ》らは豪語しているがたわいもない。我が胴丸の小札《こざね》一枚貫くことなく、刃を曲げている」

驚いた検分役が勝光の脱ぎ捨てた胴丸を持ち上げてみると、草摺の裾が異様なまでに重い。

普通、甲冑の小札は革と鉄を混ぜて仕立てる。足掻《あが》きが良いように並の胴丸は草摺の端を革小札だけで組むのだが、勝光の胴丸は薄く丈夫な長船産の鉄小札で固めていた。

「戦場にて大事は、まず足よ。ここを射抜かれては充分な働きも出来まい」

その場に居合わせた人々は、勝光の剛力と心掛けの良さ、そしてなによりも長船鍛冶の鍛えの良さに感心したという。

勝光は一手の大将だから札《さね》良き甲冑をまとい、手傷も僅かで済んだ。しかし、配下の鍛冶には満足に武装もかなわぬ者が多く、板屋瀬を守っていた長船衆のうち、手負い、死人の数は全体の三割という高率であった。

同文の合戦注文には、

「文明十五年朔月《さくげつ》（十一月）二十二日、於福岡表板屋瀬一戦之刻、長船右京亮勝光親類《しんるい》被官依砕手《ひかんてをくだくにより》、或分捕《あるいはぶどり》、或被疵着到《あるいはきずをこうむるのちゃくとう》、銘々加披見訖《めいめいくわえおわんぬ》」

として長船住人三郎左衛門、兵庫《ひょうご》以下負傷者三十数名の名が連ねられている。多くが「矢疵」。勝光の胴丸といい被官衆の被害といい、寄手の松田勢は強力な弓勢《ゆんぜい》を集中させて、徹底的な矢戦を行ったようである。


さてここに、同じ長船の住人で万富丸《まんとみまる》という者がいた。

歳十一である。父の七郎左衛門と上の兄を村の柵で討たれ、家も火をかけられた。無念極まり無く、一時は自害しようと小刀の刃を己が胸に向けて城兵に横面を張られた、というから気概ばかりは大人に負けない。

「この恨み、必ず報じてくれん」

泣きながらうろつくうちに、その晩、城内で異変があった。

放火である。

楢村与三兵衛《ならむらよぞうびょうえ》、又四郎という兄弟が、長船衆の城内引き取りで混乱する隙を狙って陣小屋に火をかけた。

この兄弟、もとは浦上則国の家臣であったが故あって松田元成の元に走り、合戦直前に、

「元の主人方へ寝返る」

と称し城中に入り込んでいたものである。

折りからの強風で火は四方に散り、城の二ノ曲輪にある諸将の陣屋へ次々に燃え広がって行った。

人々は堀の水を汲み上げて消火につとめた。楢村兄弟はこの騒ぎに乗じて大将則国の首をあげるつもりであった。

城を囲んでいた松田の諸勢も吉井川の浅瀬を選び、堀に木石を投げ入れて一斉に攻めかかる。

浦上勢は堀際に大楯を並べて投石し、柵の間から長船鍛冶の打ち鍛えた槍の穂先を突き出して、必死に持ち場を守った。

燃え盛る炎のおかげで、城の内も外も真昼のようである。城方は火の中に浮かび上がる寄手に矢を放ち石を投げ続ける。松田方はたちまち堀の中に死人の山を築いた。火が自分たちの味方にならぬと知って寄手は当惑した。

攻撃の矛先が鈍ったと察した浦上勢のうち、屈強の者百余名が城の門を開き、松田勢の側面で戦意を喪失している山名の援軍に突きかかった。山名率いる備後勢は、長柄《ながえ》の先を揃えて攻める城方に抗しきれず吉井川の川下、古津瀬から対岸に逃げた。

裏切り者の楢村兄弟は隙を見て浦上則国の本陣に斬り込もうと試みたが陣中に乱れは見えず、そのうち東の空が白々と明け始め、松田勢も今はこれまでと兵を引く。兄弟はそ知らぬ顔で城中に止まり、次の機会を待った。

浦上方も馬鹿ではない。

「昨夜の火は、逆忠《ぎやくちゆう》の者が放ったに相違無い」

糾明すべしと則国の命が下って、軍奉行の詮議が始った。

この時、万富丸が軍奉行の前に平伏し、

「申し上げたきことがございます」

「何事か」

と問えば、放火した者を知っているという。

「城中にて居所も無く、寝藁を抱えて空き小屋に潜り込むところ」

深夜に入り風が強くなって、身体にかけていた藁を吹き飛ばされた。小屋といっても掘っ立て柱に草葺きの屋根を乗せただけのもので、野外に寝ているのと変らない。寒さに目覚めて小便に立ち、戻ってみれば小屋に人影がある。

「その奴めは、風で散ったわしの寝藁を掻き集めてございました」

文句をつけようとしたところ、人影は黙って藁を抱え、二ノ曲輪に去って行った。

「その後、すぐに陣所より火の手が上ってございます」

「火の手は何ケ所で上ったか」

軍奉行が問うと、万富丸は堀の左右を指差した。

「同時に二つ」

ひとつは城門の近く。もう一ケ所は総大将の陣所、島山の櫓近くという。

「よう見ておった。して、お前の藁を持ち去った者の面は覚えておるか」

「篝《かがり》の内にて」

たしかに見ているという。少年が言う通りの人体を探し出し、密かに捕えて問いただすと、これが楢村の下人である。

「さてこそ」

人々は寄ってたかって拷問にかけた。すると下人は楢村与三兵衛に放火の命を受け、火種のために少年の藁を使ったと白状した。

楢村兄弟はたちまち捕えられ、松田勢が陣を張る吉井川の柵近くで磔刑《はたもの》にかけられた。

「良う知らせてくれた。御大将より、よしなにとの言葉じゃ」

軍奉行は万富丸に望みの品を問うた。と言っても籠城中のことで、ろくな品物が無い。

「新しい寝藁か、糒《ほしいい》か。麦こがしでも良いぞ」

「刀が欲しゅうございます」

少年は目を輝かせて言った。

「敵と斬り合おうとてか。合戦は子わっぱの遊びではない」

軍奉行が窘《たしな》めようとすると万富丸はぼろぼろと涙を流した。

「親兄弟の仇を討ちとうございます。遊びとは慮外な言葉」

万富丸が、死んだ鍛冶七郎左衛門の子と知って軍奉行は自分の言葉を反省し、長船衆の中から一人を呼んだ。

「破れ太刀、分捕り刀の小屋へ案内してやれ」

どうせ子供が気休めに持つ物だ。その程度の品で充分だろう。

長船の雑鍛冶らしい老人に導かれ、少年は福岡城の河原にある工房へ向った。幅九尺（約二・七メートル）、梁の長さ三間（約五・四メートル）、柱は黒木《くろき》（自然木）といった粗末な鍛冶場が井戸のまわりへ放射状に建ち並び、焦げ跡のついた袖無し姿の男どもが金敷《かなしき》の上で赤く熱した鉄片を叩き続けている。

合戦で消耗した鏃や槍の穂を補充しているのである。

「好きなものを取れ。ただし一腰ぞ」

老人は工房の一角にある材料小屋の戸を開いた。

中は破損した武具の山である。刀や薙刀の束、焼けた兜の鉢や船釘《ふなくぎ》が叺《かます》に盛られて埃を被っている。

万富丸は、そこは子供のこととて真っ先に太刀拵の束へ手を伸ばした。

「やめておけ」

老人は首を振り、打刀《うちがたな》の束を指した。

「外装《そとみ》で見てはいかぬ。お前は腕も細く背も低い」

身体に合った得物を持て、と言った。

「あまりに長く重い刃物は戦場で思わぬ不覚を取るものよ。お前はまだ刀の握り方も良う知るまい」

心得の無い者が長い刃物を扱えば、それに振りまわされ刀勢で自らを傷つけることが多い。

「柄握りのまずさで己が足を切る雑兵もおるわ」

少年を小屋の土間に立たせた老人は、右手を下にぶらつかせ、手の甲から踝《くるぶし》までの長さを計った。

「並の者は身の丈より三尺差し引いた長さを良しとするが」

荒縄から黒漆塗りの拵を一本、無雑作に抜き出した。鞘尻《さやじり》は丸く柄は細紐で片手巻き。柄頭が異様に張っている。

「このあたりがまずまずよ。錆《さび》は少なく地金《じがね》も良さ気じゃ」

鞘を払ってみた。物打ちのあたりに二ケ所小さな疵があるものの、他にこれといって悪いところはない。刀長は一尺八寸。短いが先反《ぞ》り強く、柄の握り心地も良かった。

「古びた柄巻きは捨てたが良かろう。わしが巻き直してやる」

老人は汚れた紐を外し、有り合わせの藤蔓《ふじづる》で固く柄を巻きしめた。

「これで良い」

親切に直してくれたのだが、見た目はますます悪くなり、少年は幻滅した。

しかし、無腰でいるよりは良い。刃物は人に自信をつける。一振りで物が切り裂けるという行為は、自分の腕力が二倍にも三倍にも伸びた心地すらするのである。

万富丸は堀際で拾った籠手を右手に着け、貰った打刀を差して城の曲輪内を行き来した。人々はその姿をおかしがった。

三

月は移り、十二月《しわす》に入っても城の包囲は続いた。

敵も味方も長陣に飽き、特に仮小屋で暮らす寄手の山名勢の陣では風邪が蔓延して士気は低下した。

「この時こそ功名の機会である」

と立ち上ったのは、松田元成の加勢として吉井村の近くに布陣していた備中の土豪らである。中でも庄伊豆守元資《しょういずのかみもとすけ》という武者は、備中の山奥から呼び寄せた野伏り三百余と示し合わせて川下から城の南方に進み、十二日の夜、吉井川と城の堀が合流する蛇行点まで出た。

怪しいと感じた城側はここに防備の兵を集めたが、

「将士の気を引き締めるためにも、合戦は望むところである」

逆にこちらから討って出ることにきめて、未明、裏木戸を開いた。

浦上則国近習の若武者二十騎がおたけびをあげて走り出ると、庄の野伏りどもも城の東南に待ち構えて矢を放つ。たちまち乱戦となって河原は朱に染った。

庄伊豆守の嫡男右衛門四郎は寄手の後詰めとして高台に兵を集めていたが、眼下の混戦に我慢しきれず、

「備中の者ども。紀三郎（則国）の寵臣を討って手柄とせよや」

打物をひらめかせて、攻め下った。

庄伊豆守は、息子の動きを遠望して舌打ちし、配下の法性寺掃部《ほっしょうじかもん》なる者を呼んだ。

「右衛門四郎は歳若で戦に慣れてはおらぬ。血気に駆られて深入りしては危険ゆえ、急ぎ連れ帰るべし」

使番《つかいばん》として走らせた。ところが右衛門四郎は利《き》かぬ気の者で、掃部の言葉を一蹴《いっしゅう》した。

「父の下命《かめい》とは申せ、武者がいったん戦場に出た上は、討死も覚悟のことである。配下の手前、引き退く事など出来ぬ」

戻ってそう伝えよ、と言い捨てなおも突き進んでいく。仕方無く掃部も若大将の傍に付き添った。

城方は良き敵なりと新手《あらて》を繰り出し、右衛門四郎を囲みにかかる。櫛橋弥四郎《くしはしやしろう》、難波《なんば》十郎兵衛《じゅうろべえ》、延原右京進《のぶはらうきょうのじょう》、目黒二郎左衛門《めぐろじろうざえもん》、同与一左衛門《よいちざえもん》らが騎馬で後方を断ち切り、右衛門四郎を窪地に押しつめ、もみ合いとなった。

万富丸は城兵に混り、城の外に出ている。肉親の仇を討つべし、と貰ったばかりの打刀を手に、目黒二郎左衛門の笠印に付いて走った。

目黒の一党は浦上勢の中でも特に戦慣れしている。敵味方入り乱れる中を、ゆるゆる馬を進め、大楯を並べて右衛門四郎に近付いた。気がつけば若者の周囲は、これ全て目黒二郎左衛門の兵である。

今はこれまでと感じた若者は、

「これぞ備中国の住人、庄伊豆守が一子、右衛門四郎なり。我と思わんものは槍を合わせよ」

楯の内にいる騎馬武者に二間柄《けんえ》の槍を繰り出した。ずいぶん鍛えの良い穂先らしく、大立挙《おおたてあげ》の臑当《すねあて》を突き通し、足を置いた舌長鐙《したながあぶみ》にまで刃が通った。これが偶然にも目黒二郎左衛門である。

目黒は激痛のあまり落馬しかけたが辛うじて鐙に踏み止まり、二の槍をかわした。兄を助けようと馬を寄せた弟の目黒与一左衛門も弓手《ゆんで》の肩を突かれたが、こちらはす早く馬を立て直し、鞍を寄せて右衛門四郎に抱きついた。そして易々と首をあげてしまったのである。

「若大将、討死」

の声に使番の法性寺掃部も絶望し、死に場所を求めて楯の中に駆け入る。この時、掃部は三枚錣《さんまいじころ》の兜に扇の前立を打ち萌黄《もえぎ》の胴丸。刃渡り四尺六寸（約百四十センチ）、柄の長さ二尺（約六十センチ）、貝鎬《かいしのぎ》の大太刀拵を背負っている。

「力有る者は寄せて、我が太刀の斬れ味を味おうてみよや」

小川の中に大太刀の鞘を投げ入れ、右肩に抜き身を担って近付く者を片っ端から薙ぎ倒した。この荒々しさに城方はどっと引き退く。

しばし後、返り血で赤鬼のようになった掃部は、大木の陰に馬を寄せた。遠巻きに眺める敵を後目《しりめ》に、鞍の山形へ大太刀の刃を当ててゆがみを直し、

「まだまだいくらも斬れるぞ。なるほど己れら備前の者が鍛えた太刀は良いものだ」

高笑いした。

その時である。木の陰から猿のようなものが近付き、背後から掃部の押付板（甲冑の背中）に飛び付いた。

万富丸である。少年は打刀をかざして馬の尻鞦《しりがい》から馬上に駆け上るや、胴丸の後立挙《うしろたてあげ》二段目に刀を差し入れた。

「あっ、小わっぱ。何を」

普通なら致命傷になるところだが、子供の力である。刺し殺すまでには至らない。

掃部は弓手で万富丸を払いのけ、大太刀で刺そうとした。しかし刃を上にしているため後にまわせない。斬り下げようにも頭上の木が邪魔している。

掃部は馬の手綱を取って走らせ、万富丸を振り落そうと中腰になった。そこへ取り巻きの中から延原右京進が進み出て、兜の下の喉輪《のどわ》に太刀の刃を突き通す。掃部の馬はそのまま走り去り、万富丸と掃部は同時に地面へ落下した。

掃部の首は、大太刀を担いだ胴体から離れて遠くに飛んでいる。万富丸はあわてて首に抱き付いた。が、延原の雑兵に蹴り倒され、首は右京進のものとなった。

万富丸の手に残ったのは、兜の鍬形と扇の形をした薄鉄《うすがね》の前立である。

## 四

この日の軍功は、延原の一党が一番ということになった。

右京進の他には同族の彦八という者が、山名勢の中でも豪の者とうたわれた福屋《ふくや》藤四郎《とうしろう》と一騎討ちし、内兜と胸板を刺刀《さすが》で貫いて首を獲っていた。

福屋は彦八に組み敷かれた際、

「我は石見国の住人福屋藤四郎という者なり。敵に押付板も見せず討死した、と言い伝え給え」

静かに首をさずけたという。

彦八の人気は一気にあがったが、延原右京進の方はさほどのこともない。

「子供の手柄を奪ったのではないか」

と言う者もいる。大将則国は右京進と万富丸を陣中に呼び、それぞれに言葉をかけた。

「法性寺に初太刀を与えたのは、たしかに汝である」

まず万富丸に干し柿を与え、柔々と語りかけた。

「されど、やり口が良うないわい。たとえ子供であろうとも、名乗るが定法《じょうほう》である」

「別段、手柄が欲しゅうて掃部を狙うたわけではありませぬ」

少年は答えた。

「仇を討ちたい一心で敵に飛び付いただけでございます。彼の掃部なる者、長船村の柵を焼いた張本と聞き及びますれば」

首を獲って親の位牌に供える、それが叶うて今は幸せでございます、と答えた。則国は右京進に向き直り、

「聞いたか。なんと健気なものよ。右京進、どうだ、この者を家の者として使うてみぬか」

一種の代案である。万富丸を家人にすると全ては丸く収まる。武者同士の一騎討ちに従者が活躍した例は数えきれない。従者の手柄はそのまま主人の手柄となる。右京進の面目もそれで立つのではないか。

「これは願ってもないことにござる」

延原右京進は喜び、即座に少年を家人とした。

新しく主人になった彼は、万富丸の刀を召し出した。

黒々と錆が浮いているが、形はなかなかに良い。ためしに粗くではあるが研がせてみると、研水の中に浮き出たのは、

『鍛板目《きたえいため》はつんで地映《じうつ》り無く、刃文は互《ぐ》の目に丁字《ちょうじ》を交えた華やかな』

姿であった。銘は無かったが、いかにも末備前の入念作である。

右京進は、ふと思いつき長船右京亮勝光に刀を見せた。

「これは、わ殿の鍛えられしものにあらずや」

勝光はしげしげと刀身を眺めまわして、

「さて、たしかに、それがしの作にて注文打《ちゅうもんうち》じゃが……」

末備前の刀工は廉価な粗刀を数打《かずうち》、特に頼まれて打つものを注文打と区別し、後者には必ず「備前国住人某」と銘を切る。しかし、この刀は磨り上げでもないのに無銘であり、勝光も誰に注文を受けたか記憶が無い。

「不思議なことでござるわ」

勝光は笑いながら刀を鞘に収めた。若い頃は本人も覚えが無い程に多作したというのだろう。右京進は、味方が分捕りした法性寺掃部の胴丸も取り寄せ、少年が刺した跡を確かめた。裏返してみると立挙《たてあげ》の上、馬皮《うまがわ》に包まれた押付板の端が紙でも切ったようにすっぱりと切り裂かれている。

「童の力では出来ぬことだ」

刀の斬れ味に驚き、万富丸を呼んで刀を返した。名刀は人知を超えた奇縁によって人と結びつく。これを簡単に召し上げては神慮に背く、と考えたのである。延原右京進という武者はその点、驕りの心が少ない人物であった。

「やはり刀は、汝が村の長、右京亮殿の作であった」

刀に名を付けよ、と右京進は喜ぶ少年に命じた。

「古来、利刀《りとう》には異名がある。汝が考えよ。何か心にかかる名は無いか」

少年は首をひねり、懐から掃部の兜に付いていた扇の前立を取り出した。

「一期の思い出に、とかような物を持ってございます。『おうぎ』という名はいかがでありましょう」

「仮名三文字では、言葉の据えも悪い。ならば『すえひろがり』とするはどうじゃ」

扇の別称である。開くと末が広がる。子孫繁栄の意味につながり、これは目出たい名であった。

「ありがたいことでございます」

万富丸は、刀を選んでくれた親切な老人に礼のひと言も言おうと翌日、鍛冶の工房を訪ねた。刀工たちの忙しさは相変らずであったが、どこを探しても老人の姿は見当らない。

ようやく手の空《す》いた雑鍛冶の一人に尋ねると、

「おお、爺は可哀相なことであった」

顔をゆがめた。備中勢が攻め寄せた日に城の外柵を守って戦ううち、流れ矢に当って果無《はかな》くなったという。

「苦しまずにいっただけ倖せよ」

聞いて万富丸は愕然とした。自分の運と引き代えに死んだようなものであった。

少年は老人の倒れた場所に行き、「すえひろがり」の鞘を地面に立てて手を合わせた。

福岡城の戦いは、その後しばらくして浦上氏劣勢となり、文明十六年（一四八四）一月二十四日に全軍退散と決した。

大将浦上則国は、

「千人万人も落ちたければ落ちよ。我は一人恥辱を引き受け、この地に残る」

腰刀を抜いて腹に突き立てようとする。これを家臣どもが止めて西の方へ落し、一族の者は吉井川を下って四国に逃れた。

松田・山名の両軍は大喜びで備前福岡に乱入し、中洲の町も城も全て焼き払った。勇み立つ松田の兵は近隣の村々を放火略奪。山名勢や備中の合力勢が兵を収めた後も敗走する浦上方を追い続けた。

福岡落城の翌日二十五日、松田元成は北に逃げる福岡の諸職人や女子供の列を発見した。

「浦上紀三郎めが紛れ入っておるやも知れぬぞ。逃がすな」

長船の鍛冶も捕えれば銭になる。勝ち誇った元成は吉井川沿いに急追した。

松田方の流れ旗や馬埃《うまぼこり》を見た浦上・長船の衆は、逃げきれぬと知って覚悟をきめた。

「追い首討ちにあうよりは、窮鼠猫をかむの喩《たと》え」

幸い播州の国境いから浦上に味方する武士団も少数ながら到着している。

「我ら祖神の地長船に敵を引き入れ、一同埋兵《まいへい》（伏兵）と化して戦おうではないか」

提案する者があり、家族を逃がした後、男どもは東天王原《ひがしてんのうばら》（現・長船町天王）に身を潜めた。

松田勢は、長船衆の実力を読み切れていない。夕刻、我れ勝ちに天王原へ突入した彼らは退路を遮断され、一方的に押しまくられた。

なるほど追いつめられた者は強い。しかもこの地は古く崇神《すじん》天皇がまつられ、鍛冶発祥の地と称されて来た。地の利を知った長船の者らは祖霊の名を唱えて攻め立てる。松田元成は得意の弓勢を使おうとした。しかし夜中のことで的が定まらない。

「深追いし過ぎた」

元成が気付いた時は、周囲の草木ことごとくが敵と化し、元成はただ一騎である。

松田の兵は全て討死し、元成は本拠の御津郡金川さして逃げた。

ところが今度は、浦上・長船の追跡が始った。元成も豪勇の士である。馬を戻しては戦うこと数度。ついに深手を負って磐梨郡《いわなすごおり》弥上村《やがみむら》の山ノ池（現・瀬戸町山之池）で動けなくなり、自害して果てた。

福岡城を攻略して、僅か二日目のことである。直後、元成の家臣で大村出雲守という者が、出雲国の尼子氏に使いして福岡に戻る途中、偶然にも元成が倒れている所へ通りかかった。

出雲守も絶望し、同じ場所で腹を切ったという。出雲守の従者は泣きながら二人の遺骸を隠し、自刃した刀を証拠に金川城へ帰った。

その時、元成が割腹に使った刀が「すえひろがり」と伝えられている。なぜ、敵将元成がこれを所持していたのかわからない。万富丸が落城の時に奪われたのか、同名異刀であったものか。

もし前者ならば、刀が落城の仇を討ったことになる。さても面妖《めんよう》なことよ、と後に人々は噂し合った。


万富丸は生き延びた。

浦上家が福岡を取り返した四年後の長享《ちようきよう》二年（一四八八）。頭領右京亮勝光、同左京進宗光は父祖の地に戻り再び作刀を開始した。各地に散った鍛冶が長船に小屋を建てた時、万富丸も勝光より敷地を与えられ、故七郎左衛門の名跡を継いで火床《ほど》を起した。

少年は大振の腰刀を得意とした。刃文は大湾《おおのた》れ、沸《にえ》のついたものが多く、茎《なかご》はこれで大丈夫かと思う程に短い。数打も注文打もそつ無くこなし、戦国の諸大名に受けの良い刀工となって末の世まで名を成した。

銘は初め「備州住万富作之」と切っていたが、技量《うで》が上ると「備前国長船住長船七郎左衛門尉祐定《すけさだ》」と付けた。末備前の名人祐定がこれである。

「すえひろがり」にも後日談がある。

福岡合戦から九十七年後の天正九年（一五八一）八月。備前を我が物としていた宇喜多家は、織田家の毛利征伐に同心し兵を集めた。毛利家はこの動きを知って先手を取ろうと水軍を動かし、備前児島《こじま》郡の辺に進出して城を築く。

宇喜多家では浮田与太郎基家《うきたよたろうもといえ》を大将に児島へ渡り、小競《こぜ》り合いをくり返した後、八月の末、両軍の主力は激突した。

宇喜多方は始め優勢であったが、敵を深追いし過ぎ、一部が取り囲まれた。浮田与太郎は自ら救援に向ったが、采配を振るって味方を叱咤する中、何処からか飛び来たった一発の銃弾が胸板を射ち抜き、即死した。

宇喜多勢もこれで総崩れか、と見るところに同勢の内より戸川平右衛門《とがわへいえもん》、能勢又五郎《のせまたごろう》以下七人の士が槍を揃えて味方の殿軍《しんがり》を勤め、毛利の追撃を食い止めた。

「八浜七本槍」がこれである。史上名高い賤ケ岳七本槍の二年も前の話で、秀吉はこの話を聞き「七本槍」を自軍に作ったとされる。

さて、その合戦が済んで一同、陣中に引き上げた時のことである。七本槍の一人、馬場重介職家《ばじゆうすけもといえ》という勇士が、

「それがしこそ殿軍の中でも殿軍。敵の騎馬が三騎突きかかって来たが、これを槍にて

突き払い、えらく難儀であった。我は馬でのしかかられるが恐く、ゆえに槍の柄《え》を小脇に抱え、穂を後ろに立てて逃げた」

と言うと、七本槍に数えられずに拗《す》ねている寺尾《てらお》孫四郎《まごしろう》なる者が不平を唱えた。

「やつがれも乱軍の中にあったが、重介殿の御姿は目にいたしてござらぬ」

「それは、馬を失い徒歩立ちであったからであろう。されど敵の道筋を防ぎしは、確かに我が槍よ」

「さあ、それはどうか」

孫四郎が嘲りの笑いを見せたから、座は騒然となった。重介は立ち上り、

「味方の先鋒が崩れた時、先に逃げた者は敵の姿を確かめる余裕など無いものだ。ましてや味方の姿においてをや。我は、追いかかる毛利方の馬も見ておる。一番前を行く者は青毛《あおげ》、次は月毛《つきげ》、最後は芦毛《あしげ》である。どうじゃ、文句があろうか」

「他に見た者がおらぬ話。何とでも申されよ」

孫四郎の小面憎《こづらにく》さに腹を立てた重介。怒りにまかせて腰の脇差を抜いた。

「やめぬか、馬場殿」

頭分《かしらぶん》の戸川平右衛門が立ちふさがる。

「いや、我も武士。意地がござる」

「何はともあれ、刃を収めるが宜しかろう」

大将、与太郎基家の喪中に家中の争乱は好ましくない。

「わかった」

と言ったが重介、怒りが収まらぬ。そのままつかつかと部屋の隅に歩み寄り、夏場は使わぬ銅の大火鉢に刃先を向けて、

「えい」

気合いを込めて振り降すと、ぶ厚い火鉢はたちまち両断して中の灰が舞い上った。

一同、声も無い。

重介、さらりと刃を鞘に戻して、

「見られたか、我が一念」

両《ふた》び座に戻った。重介の意地も大したものだが、刀もすごい。

戸川平右衛門が銘を尋ねると、

「無銘なれど、もと金川の松田氏に伝わる『すえひろがり』と申す備前物でござるわい」

無表情に答えた。

後に毛利家と和睦が成った時、重介の言葉が真実であると人々は知った。三騎の武者は、青毛の主が三村孫太郎《みむらまごたろう》、月毛の主が三村孫兵衛《まごべえ》、芦毛に乗っていたのは石川左衛門尉《いしかわさえもんのじょう》である、と『備前軍記』に出ている。

馬場重介は後に秀吉の九州攻めに従軍し、銃弾に当って歩行不自由の身となった。備前邑久《おく》郡《ごおり》北地村《きたちむら》に隠居したが、これが幸いし七十七まで生きた。当時としてはかなりの長寿である。これも「すえひろがり」の徳ならん、と人は語り伝えた。

竹《たけの》俣《また》

一

右府《うふ》信長は、天正六年（一五七八）の伊賀一揆鎮圧に際して残忍酷薄な撫で斬りを展開し巷間《こうかん》、忍び嫌い殿と称されたが、自身も戦国の慣《なら》いとて家中に多くの忍者を飼っていた。ただ、伊賀者の数は極端に少なかった。

織田家では、これらの者を「饗談《きょうだん》」と呼んだ。中国の史書には、将は酒食の席に間者を侍らせ、諸国の仔細を尋ねるという。

信長も読んで字のごとく、忍びを宴席に呼び座興の内に己れの知りたいことを語らせたのであろう。

ある時、信長は朝餉の席に饗談の一人を召した。この男は北陸道の事情に明るい者であった。

「越後の輝虎《てるとら》（謙信）、いかなる者にてあるか」

信長は箸を使いながら、ぞんざいな口調で尋ねた。「……にてあるか」という言いまわしは信長の史料に多く出てくる。実際、これが口癖だったと思われる。

饗談は答えた。

「関東管領（謙信）、真言の徒にして、発願《ほつがん》の旨趣《ししゅ》有りと称し女色を遠避け、きやもなる小姓衆あまた集め候」

信仰心のために不犯《ふぼん》を身上とし、きやもなる（上品そうな）男色の相手を身近に集めているという。偏狭な仏教徒を嫌悪する信長は、この一言に皮肉な笑いを浮かべたであろう。

信長はさらに尋ねた。

「その風体は」

「されば……」

饗談は以下のごとく伝えた。

管領は小男の体にて、小太り、髭の剃り跡は常に青々として、声は高うございます。詩歌をよくし、古典に明るく、また大酒を飲みます。数寄者《すきもの》にして身の装い常に華麗。合戦に際しては派手な色目の甲冑を着こなし、頭は筋兜の鉢ばかり被ってこれを桂包《かつらづつ》み。乗馬は月毛の肥馬に毛氈鞍覆《もうせんくらおおい》。幼少の頃に膝の関節を患い、わずかに跛行《はこう》いたします。それゆえでありましょうか。乗馬は上手、常に三尺の大剣をひっ下げ、大将ながら単騎敵陣に突出いたします。

「三尺の大剣を好むか」

信長は最後の一言に、度しがたいものを感じたのであろう。以後は彼を語る時、必ず、

「あの阿呆謙信」

と呼び捨てにした。

この話は永禄十一年(一五六八)、岐阜城でのことと思われる。その年六月、甲斐の武田信玄は越中の攪乱《かくらん》に失敗。信長に上杉との和睦周旋を依頼している。信長が明確に敵として謙信を意識し始めるのは、このあたりからであった。


その「大剣好み」謙信の愛刀は、世に「七百余振り」とされている。異常なまでの収集量である。日頃の手入れを行なう春日山城《かすがやまじよう》内の人数だけでも大変なものであった。

これが子の景勝の代に改めて選択され、三十五振りにまで絞られた。

一振りずつ景勝の手で「上《かみ》・秘蔵」の添え書きも付けられている。「上」とは神格化された養父謙信を指すものであろう。

天文《てんぶん》二十二年(一五五三)に上洛し、後奈良天皇より謙信が手ずから賜わったという六寸三分「瓜実《うりざね》」の宝剣から、山内《やまのうち》上杉氏より譲られた総長五尺五分といわれる大太刀までその種類は多いが、米沢・上杉神社収蔵品をのぞいて戦後、多くが行方不明になっ

た。進駐軍の将兵に略奪されてアメリカに渡ったものもある。

この「景勝公三十五腰」の他に、謙信が片時も手離すことのなかった太刀が幾つか知られている。銘は備前長船が多い。中でも兼光は彼の最も好むものであった。

鎌倉時代中期に出現した備前の長船派は、末期に入ると大いに繁栄し、南北朝、室町の全期を通じて名工を輩出した。

兼光は、片落互の目《かたおちぐめ》（一定の間隔で並んだ乱れ刃）の刃文を得意とする景光の子で、長船派の正統である。鎌倉末の元亨《げんこう》（一三二〇年代）から、北朝年号で言う文和《ぶんな》・延文《えんぶん》（一三五二〜六一）年間に至る作刀期に長大な太刀を製作し、諸人渇望の的とされた。

兼光が得意とした大業物は、馬上からの斬撃をもっぱらとする謙信にとって欠くことのできぬものであった。

上杉家の刀剣台帳によれば、上杉家に兼光と名の付く太刀は十腰以上存在した。以下、銘を列記すれば、

文和元年八月　　（五寸上《あげ》）
康永《こうえい》二年十一月　（二尺三寸・号「水神《すいじん》切り」）
延文二年八月　　（三尺四寸三分）
同　三年二月　　（二尺九寸四分）

同　四年二月　　（三尺に七分）
同　五年六月　　（二尺六寸六分・号「三日月兼光《みかづき》」）
嘉吉《かきつ》二年　　（大町甚右衛門《おおまちじんえもん》所持）
享禄《きようろく》二年　　（永禄七年甲子年正月十一日藤原輝虎三寸上之《さんずんこれをあぐる》）

五寸上、三寸上、とあるのは、使い勝手を良くするために輝虎（謙信）が茎《なかご》を磨上げ、短くした太刀である。流石の謙信も長過ぎるものは持て余したと見える。最後の一腰は異名を「小反《こぞ》り兼光」と称し、同じ兼光名《みよう》でも応仁年間（一四六七〜六九）以後に作られたいわゆる末備前・小反り派の太刀。同名異人のものである。

さらに、謙信愛玩の品として忘れてならぬものが上杉家には一腰、ある。

いや、正確には、あったと記すべきであろう。これは「三十五腰」の内にも入っていない。はるか昔に上杉家から出ていた。

名を「竹俣兼光」という。

この兼光ほど多くの伝承を持った太刀も、また珍らしい。

「竹俣」は人名である。この太刀を初めて世に出した竹俣三河守の姓をとってこう名付けられた。

竹俣氏は越後加治《かじ》庄の地頭職から伸《の》しあがり、室町の頃、同国竹俣（現、新潟県新発田《しばた》市）に拠って代々三河守を私称《ししよう》した国人《こくじん》である。

越後では建仁《けんにん》元年（一二〇一）の城《じょう》氏反乱に際し、追討使として入国した御家人佐々《さ さ》木盛綱《きもりつな》の一族が封を得て各地に土着。長らくその威勢をふるってきた。中でも阿賀川《あがのがわ》以北、北蒲原《きたかんばら》から岩船《いわふね》にかけて割拠する在地武士団、いわゆる「揚北衆《あがきたしゅう》」は独立心が強く、下って南北朝の動乱期に守護として入部《にゅうぶ》した上杉氏やその被官の長尾氏とたびたび対立を引き起した。

揚北、の名は守護にとって下越《かえつ》の土豪層を指すと同時に、頑迷、放埒《ほうらつ》、逆心を意味する呪いの言葉でもあった。

竹俣氏も永正から天文年間にかけて、他の揚北国人と足並を揃え守護上杉につき、あるいは守護代長尾為景《ためかげ》（謙信の父）につくなど目紛《めまぐる》しくその立場を変えて中越《ちゅうえつ》、上越《じょうえつ》の野に転戦した。

この戦いは俗に「天文の大乱」と呼ばれるが、天文五年（一五三六）十二月猛将為景の死によって一時的に鎮静化した。

その頃のことである。

同国沼垂津《ぬったりのつ》に住む百姓が、十日《とおか》の市《いち》目当てに荷を負って、阿賀川河口に続く山道をのんびりと歩いていた。

季節は夏。森の中は蟬の鳴き声が耳を圧するばかりである。百姓が一歩足を踏み出すごとに、垂れ下った木の枝から蟬が翅《はね》を震わせ、小水を滴らせて飛び立っていった。

「今年は、やけに蟬が多い」

百姓はつぶやいた。前年は雨が多く、この年は日照り気味であった。河口近くではさほどのこともないが、上流の白河庄《しらかわ》あたりでは盛んに水争いが起っているという。蟬はそうした気候の変化を敏感に感じとっているに違いない。

「これでは秋口が心配だのう」

田の稲は辛うじて立っている。が、乾燥の中で育ったものは秋の大風に弱く、強い雨が降ればたわいもなく折れ伏すのだ。

蟬の多い年は稲をいとおしめ、と下越の農民は言い習わしていた。

河口の堤附近まで来た時であろうか。涼風がさっと頰をなぶった。

やれ、涼しや、と額の汗を拭い西の空を見上げると、今まで青一色であった空の半分が黒雲で覆われていた。

「ようやく一雨来るか。これはこれで迷惑な」

百姓は足を早めた。戦で荒れ果てた集落を過ぎ、幾つかの森林を抜けた頃、あたりは足元もおぼつかぬ程の暗闇と化した。

一天にわかにかき曇る、とはこのことである。

百姓が傍らにある巨木の洞《うろ》に飛び込むと、頭上に稲妻が走った。木の表面には蟬の抜け殻が空き間もなくこびり付き、大粒の雨がそれを容赦無く叩き落していった。

一瞬、目の前が白く輝き、耳を劈《つんざ》く轟音《ごうおん》が彼の後方で起った。

一町ばかり向うの水田に雷が落ちたのである。水飛沫《みずしぶき》が一丈程も立ちのぼり、稲が円形に薙ぎ倒された。

「わっ」

百姓はたまらず頭をかかえた。雷はさらに木立の後にも落ち、雑草を撒きちらす。さらに半町ばかり近くにも一発。

「これはどうしたことだ」

雷は少しずつ百姓のそばに近付いてくるのである。

「南無……雷公様《らいこうさま》、日曜《にちよう》の御眷属《ごけんぞく》」

江戸時代ならば桑原《くわばら》、桑原と唱えるところであろう。しかし、この百姓は珍らしく真言の徒だった。市に持っていく荷の中に一振りの古太刀があったを幸い、鞘を払って頭上にかざし、一心に呪《じゅ》を唱えた。

太刀の功力《くりき》によって魔を避けようとしたのである。雷が金属を伝うという知識の無い時代だ。庶人は皆この方法を信じている。

再び轟音。

ざっと飛沫がかかり、草が横倒しになった。百姓は太刀の柄を握りしめた。

それっきり何も起きない。

ようよう顔をあげてみると、あたりは元の明るさに戻っている。頭上には青空が広がり、一片の黒雲も残っていない。

周囲は惨憺たるものであった。木の洞は半分に裂けて後方に飛び、水田の稲穂は彼を中心にして丸く倒れ伏している。畦道も崩れ、水路は死んだ蛙や白い腹を見せる川魚であふれ返っていた。

さらに驚くべきことには、かざしていた太刀の鎺《はばき》近くまでべっとりと血が流れていた。太刀ばかりか、自分の上半身も赤く染まっていたのであった。

「これは何事」

己れの傷ではなかった。不気味に思いつつ水路で血を洗い流しているところに、附近の者が恐る恐る近付いて来て、

「いやはや、大変なものを見た」

声をひそめて言う。

「何が起きたか、わしにはさっぱりわからぬ」

「教えて進ぜよう」

その者は身振り手振りを交えて説明した。

まず白光《びゃっこう》が男の隠れている木のまわりを囲み、草や枝を巻き上げた。そこへ中天から朱色の丸い球が降りて来た。球の中には人とも獣ともつかぬ異形のものが入っている。

これが男の頭上を二度、三度回ったと見る間に二つに割れ、異形のものが男目掛けて襲いかかった。

「その時よ、主《ぬし》の太刀がするすると伸びて、そのものを貫き通したは」

「何と、な」

異形のものは血を滝のごとく流し、空高く舞い上って、虚空に消え去ったという。

百姓は、あらためて己が手にした古太刀を見た。表裏《ひょうり》に棒樋《ぼうひ》が通り、姿は良いが全体に赤錆びていて、これが化物を斬る程の利刀とはとても思えない。鞘の中で膨れて、抜く時も苦労したのである。

「その異形とは雷公かもしれぬな」

「そうよ、のう」

二人は薙ぎ倒された木々の前で震えあがった。

二

野史《やし》によれば、この噂を聞いた竹俣三河守が百姓を召し出し、領主の権限をもって太刀を取りあげたことになっている。

が、その説には若干の無理がある。たしかに沼垂津は竹俣氏の本貫《ほんがん》に近接している。しかし、当時は守護上杉定実《さだざね》が管理する港であった。

代々の越後守護職は蒲原・沼垂・新潟を三ケ津《さんがのつ》と名づけ、公事銭《くじせん》を徴収し港の整備費にあてている。日本海に面したこの国は古来海運が発達し、河口の港は重要視されていた。天文大乱によって勢力が衰えたとはいえ、津に住う者どもの統制権は依然として守護と、不入《ふにゅう》特権を与えられた商人たちの手中にあった。

あの謙信でさえ、三ケ津を押さえたのは天文二十年（一五五一）。一族の上田長尾氏を追って守護代の地位を確実なものにした後のことである。三河守は野盗ではない。いくら乱世とはいっても、この津周辺から針一本召しあげることは出来ないのだ。

ただ、「雷」という言葉にひとつ思い当ることがある。阿賀川の南、中蒲原郡村松町に古くから菅名《すがな》庄という荘園が成立し、土地の国人菅名某は「雷城《らいじょう》」という城に拠っていたという事実がある。

菅名氏は天文十二年の長尾氏中越統治に際しては、早くから謙信の兄、守護代長尾晴景に附属していた。これすなわち、揚北衆の敵である。

沼垂津の雷斬り伝説には、越後国人の複雑な暗闘の気配が感じられる。

ともあれ、古太刀は三河守の所有に帰した……ということにして話を進める。

当主三河守慶綱《よしつな》は、ただちに研師を呼び太刀の錆を落させた。これが出来上ると、吉日を選んで竹俣城内の書院に運ばせたという。

異形を斬った太刀に畏敬の念を抱いたのだ。この時の拵は、総体が黒漆《こくしつ》と呼ばれる黒い漆塗りで、鐔《つば》は木瓜《もっこう》形の練革《ねりがわ》。金物は全て山銅《やまがね》。帯執《おびとり》は藍皮《あいがわ》という、いかにも実質本位の国人らしいものであった。

三河守は一礼し、鞘を払った。

目もくらむばかりの利刀に仕上っている。刃文はこの派の特徴である湾《のた》れ調に互の目交り。鍛《きたえ》にむらが無く、映《うつ》りが立っている。表裏に樋が通り、脇に何やら梵字《ぼんじ》らしきものが刻まれていた。刃渡りは二尺八寸強。

「かほどの長尺でありながら、鍛が正常というのは、やはり長船ならではのものである。めでたや」

三河守は太刀を収め、左右の者に言った。居並ぶ家人たちも、口々に言祝《ことほ》ぎの言葉を口にした。

「以後、この兼光を竹俣の家守《やも》り太刀に定める。吉祥丸《きっしょうまる》、汝《なんじ》が太刀守りの役につけ」

三河守は一族の端に連なる加治《かじ》吉祥丸という少年を呼んで、太刀を渡した。さらに、

「この太刀は雷斬りの伝えを持つものなれば、汝も今より吉祥丸改め日曜丸とせよ」

改名まで命じた。日曜は胎蔵界曼荼羅《たいぞうかいまんだら》図中の東方にある九曜《くよう》のひとつ。太陽の精で、眷属に雷神を持つ。

少年は、大役に緊張した。ただちに城の調度部屋へ太刀の座を定め、自身は納戸の戸

板を背にして七日の間、座ることにした。

日曜丸が妻戸の前に腰を降ろして三日目のことである。

宿直《とのい》の者が遅い朝餉をとって引きあげた直後、戸外で雪が降り始めた。

初雪であった。山の彼方では冬の雷が鳴っている。

寒風が庭の方から吹き寄せて来て、少年は直垂《ひたたれ》の襟元を掻き合わせた。母屋《もや》は掘っ立て柱に藁屋根である。竹俣城は加治庄政所の施設を移築したものというから、まず大百姓の屋敷に毛の生えたようなものであったろう。隙間風が身に染みた。

しばらくすると、別棟の侍《さむらいろう》廊で蔀《しとみ》を降ろす音が響いた。

（おお、ようやく）

足音が聞こえてくる。賤女《しずのめ》が炭櫃《すびつ》を運んで来たか、と日曜丸は腰を浮かせた。

廊下の突き当りに人の気配がした。びゅっと風が不気味にうなり、妻戸の桟《さん》が鳴った。

と、その人影が廊下から庭にふっと降りたのである。

（面妖な）

日曜丸は腰刀の柄に手をかけた。立ち上って庭に面した遣戸《やりど》の前に出る。

昼前だというのに、外は薄暗い。空から糸くずのような雪が絶え間なく降って来る。

（誰も居らぬではないか）

庭を端から眺めていくと、白く雪の積った木々の間に黒々としたものがある。目をこらすと人の形をしていた。

しかし、その大きさはどうであろう。背は母屋の庇《ひさし》をはるかに凌ぎ、肩幅は蔀の桟よりも長い。

（目の迷いか）

人影は薄く、雪の中で絶え入りそうである。が、それは確かに生きていた。背を丸めたかと見るや、巨大な手を伸して日曜丸に摑みかかろうとする。

「曲者」

日曜丸は危うく毛むくじゃらなその手をかわし、廊下に難を避けた。

少年は腰刀を抜き、妻戸を背にして立った。

「方々、出合い候え。曲者にてござるぞ」

と叫んだつもりだが、喉の奥が乾いて大声が出ない。

巨大な人影は庭から縁に這い上り、廊下を渡って迫ってくる。

やむなく日曜丸は妻戸を開け、調度部屋に逃れた。

ずしん、ずしんと廊下を渡る音がして、部屋の前に気配が止まった。

日曜丸は妻戸の間からそっと覗く。裸体の大入道である。頭頂から口元にかけて真新しい斬り傷が斜めにはしり、顎が無かった。

（化物だ）

その時、戸の隙間から紙のようなものが入って来た。

薄くつぶれた手であった。化物は戸の間から侵入しようというのである。手の次に肩が入り、平べったい頭が入って来た。

「おのれ、異形」

日曜丸は腰刀を突き出す。ところが手首を弾かれて、刀は部屋の隅に転がった。化物は隙間に半分顔を覗かせて、

「太刀はどこぞ」

身体に似合わぬか細い声をあげた。

「太刀をよこせ」

「知らぬ」

「知らぬとは言わせぬ。たしかにここにある」

化物は一尺程の舌で唇をねめまわし、

「この傷を与えた百姓太刀よ。無いとは言わせぬぞ」

(こ奴、沼垂津に出たという雷公の化身か)

合点《がってん》した日曜丸は、後ずさりして太刀の座に走り、太刀立てから兼光を取るや帯執を足の指に挟み太刀を両手で抜き放った。

「欲しいとあらば、くれてやる」

食らえ、と一声。紙のような大入道を妻戸ごと刺し貫いた。

途端にそれは掻き消えて、廊下をばたばたと駆ける音が聞こえた。

日曜丸は戸板を蹴り倒した。兼光を構えて庭に降り、化物を追った。

雪の中に血潮が流れている。その頃になると、他の侍どもも物音に驚いて飛び出して来る。山城ゆえ庭も斜面である。

「こちらに逃げたぞ」

血は裏山の持仏堂まで点々と続いている。人々は槍薙刀を手に恐わごわ追っていった。

山腹を見あげると、持仏堂のまわりから黄色い光が一筋立ちのぼっている。

皆が、あれよと騒ぐうち光は丸い球になって、灰色の空にふわふわと泳ぎ出した。

「おお、球雷《きゆうらい》じゃ」

持仏堂に奉仕する法師が手を合わせた。雷が空に逃れて行くのだという。

球雷はひときわ強くなった雪に翻弄されながら右に流れ、左に吹き寄せられてしばし漂い続けていたが、やがて越後の空に消えていった。

雷の化身を撃退した日曜丸の名はその日のうちに阿賀北の一帯に広がり、竹俣の兼光もまた評判となったのである。

## 三

下越の平和は長く続かない。

揚北衆内部で再び抗争が起った。原因は、越後守護上杉定実が他国人に名跡《みようせき》を継がせようとしたことにあった。

名族上杉の家には当時実子が無く、まだ妾腹にも子が出来なかった。戦国の武将にしては不覚な事だが、定実は隣国より養子を迎えようと企んだのである。

奥羽守護職になった伊達左京大夫《さきようだいぶ》稙宗《たねむね》の三男、時宗丸《ときむねまる》という者に白羽の矢が立った。

下越は奥羽に近く、混乱は即座に伝わる。守護代長尾為景の後を継いだ晴景にはこの騒ぎを鎮める力が無かった。

それどころか長尾家も内紛によって、家中に争乱の火の手があがったのである。

病弱な晴景は弟の景虎（謙信）に采配を譲り、各所に蜂起した国人の鎮圧を命じた。

竹俣三河守以下の揚北衆が謙信勢と激突したのは、天文十三年（一五四四）春のことである。

弱冠十五歳の謙信は中越の栃尾《とちお》城に籠って寄手を大いに破り、敵将三条長尾氏の俊景に援軍として出向いた三河守の軍勢も大敗を喫した。

加治日曜丸（この時は名を改めて加治小四郎左衛門《こしろうざえもん》）は、雪解けで増水していた城下の刈谷田《かりやた》川に行く手を阻まれ、前後に敵を受けて討死した。

三条の長尾殿
傘松《かさまつ》に落《お》つる
惜しや日曜丸
刈谷田に転ぶ
胴強《どうづよ》なるは虎千代殿

栃尾の村人はこう謡って若者の死を悼んだという。

三河守は命からがら阿賀川を越えて竹俣に逃れた。

「守護代の弟君は強い」

以後揚北衆は逐次長尾氏の謙信に接近し、彼を守護代にすべく合力を開始するのである。

三河守も謙信の元に名簿《みようぶ》を示して臣下となることを誓い、居城春日山に人質を差し出した。

二年後、守護上杉定実が失意のうちに死亡すると、謙信は京の将軍家から越後の実質的な領主として認められ、国主の印である毛氈鞍覆と傘を許された。

三河守は早速、春日山城に祝いの品を運ぶことにした。祝いの口上は三河守自らが述べる。

「祝いの品は何がようござろうか」

出かけるにあたっては、揚北衆の中でも特に謙信とつながりの深い鳥坂城《とつさか》（北蒲原郡中条町）の城主中条藤資《なかじょうふじすけ》に相談した。

「日傘袋、毛氈の鞍覆といえば、これはもう守護様と同じよ。武門であれば馬か太刀がよかろう」

「太刀でござるか」

「左様、わぬしが家の守り太刀など相応の品と思うが」

藤資は真面目くさった顔で答えた。

「あれは竹俣の宝刀とも申すべきものにござる。長尾の内紛も収まらぬうちに、さて、それはどうか」

三河守は渋った。藤資は声をあげて、

「賭けと申すはな、三河守殿」

三河守の膝頭を叩き、

「人より先に賭け銭を多く出した者が、多くの銭連《ぜにつら》を手に出来るものだ」

「そんなものでござるかのう」

「料簡せよ」

必ず得するぞ、と藤資は高笑いした。

三河守は藤資に教えられるままに太刀の拵を新調した。

黒作り、である。

鐔は練革を黒く塗り、金具は赤銅または黒塗り金、鞘も黒塗り。帯執は菖蒲皮《しょうぶがわ》（菖蒲の葉紋様が染めつけられた皮の緒《お》）、柄は鮫皮《さめがわ》を張って黒く塗り、柄巻はつけない。これが室町期の献上拵である。

三河守は春日山城に入り、三方《さんぼう》に太刀を置いて新守護代の前に平伏した。

謙信（この時は未だ景虎である）は、数えで二十一歳。血気盛んな若武者である。

「これが、話に聞く『雷斬り』か」

まず、自らが信奉する毘沙門天《びしゃもんてん》の画像に三方を進め、真言の呪を唱えて太刀を抜いた。

「見事である」

しばし陶然と刃文に見入っていたが、不意に我にかえって、ぱちりと鞘に戻した。

「これは竹俣城の守り太刀と聞く。わしのような若輩が我がものとして良いだろうか」

その初々しい表情に三河守は少し驚き、

「長尾平三景虎殿は、今や押しも押されもせぬ越後守護代様。やがては京に上って、従五位の官位にも任ぜられる方でござる。御身分に似合う太刀を御佩《は》き下され」

「従五位か」

謙信は僅かに瞑目した。亡父為景でさえも彼の歳にはその地位に無かった。

「わかった。今日よりこの太刀を佩くぞ」

謙信は力強く宣言した。

後年、本阿弥家が編纂した『名物控』には、弘治《こうじ》元年（一五五五）越後勢が能登・穴《あな》水《みず》城を攻めた時、三河守の振るう兼光の威力に惚れ込んだ謙信が、その場で召し上げたということになっている。

しかし、越後勢の本格的な能登侵攻は、天正四年（一五七六）というから辻つまが合わない。実際は、この時期に献上されたものであった。

謙信は竹俣兼光を手にするや、たちまちのうちに姉の夫、上田長尾家の政景を降して越後を統一し、直轄地支配を確固たるものにした。

「兼光は縁起が良い」

家臣らはそう噂した。

川中島合戦は、主なものだけで前後五回起っている。天文二十二年（一五五三）、信濃布施《ふせ》においてその第一回目が行なわれた。謙信二十四歳の時である。

この年の秋、甲斐の武田信玄は大軍を発して信濃の武将村上義清を攻めた。義清は敗れて北に走る。謙信は上洛の準備に忙しかったが急遽出兵、北国《ほっこく》・飯山《いいやま》の両街道を進んで川中島に至った。

旧暦八月、両軍は千曲川沿いの篠ノ井《しのい》（布施）で出合い、俄然遭遇戦となった。

武田、上杉、双方先鋒を出しての小ぜり合いである。

戦いは南の八幡《はちまん》に移ってなおも行なわれた。謙信は少数の馬廻りを連れ、自ら戦場に立った。

他を顧みることなく馬上敵中を進む、という謙信の行動はすでにこのあたりから始まっている。

当日の午後、越後勢は千曲川の左岸に出て、甲斐の高坂弾正率いる武田方を圧迫し続けていた。

謙信は馬にひと笞当てて、河原に出た。

ところどころに武田方の放棄した馬防ぎの柵があり、花菱《はなびし》の袖印が白い花を撒いたように捨て散らされている。

「与六《よろく》、これを見よ」

謙信は小姓の本庄《ほんじよう》与六を差し招き、笞の先で武田勢の死骸を指し示した。

「払《はら》い立《だ》て（兜の印）や甲冑の形を見るに、敵《かたき》は信濃勢であろう。あそこに倒れ伏す味方の死骸も同じ信濃の衆。同族相い討つとは、むごいことではある」

謙信は与六に手綱を渡し、数珠を左手にかけて片手拝みした。

与六は主人の行動に当惑しつつも乗馬を押さえて、四方に目を走らせた。

すると突然、柵の間で動くものがある。死骸の中から一条の煙があがり、人が立った。

「あっ」

与六は手綱を捨てて謙信に叫んだ。

「敵でござる」

鉄砲を持っている、と言い添えようとした刹那、謙信は馬の尻を叩いて走り出した。

その距離十間とはない。敵は火縄の灰を吹いて散らし、ゆっくりと火蓋《ひぶた》を切った。

必中の間合いである。謙信は無謀にも馬の足を早めた。

轟音一声。

与六は目を閉じた。他の馬廻りも顔をそむける。

馬の嘶《いなな》きが聞こえ、謙信が河原の彼方に駆け去るのが見えた。

鉄砲を持った敵は柵に寄りかかって息たえている。

「守護代様」

皆はあわてて謙信の後を追った。一同は一町程走って味方の陣中に入り、ひと息ついた。

謙信は血潮の滴る太刀を日にかざして何度も確かめ、

「斬れる。刃こぼれひとつ無い」

うめくように言った。さらに与六を呼び、

「これを河原で読みあげて参れ」

甲冑の合わせ目から矢立と紙を出して何やら書きつけた。

「心得て候」

与六は少年ながら陣中でも大音《だいおん》（大声）で知られている。川辺の大岩に足を踏ん張り、敵陣に向って朗々と読みあげた。

「ここに越後国守護代、平《たいらの》景虎。卑怯にも種子島放たんとする敵一人《かたきいちにん》、備前国長船兼光にて斬り伏せたり。我が身、一筋の傷も無し。これ景虎武運に候。方々においては、御味方が遺骸を御引き取りあって、我が太刀筋を確かめるべし」

越後勢が退いた後、武田の兵が柵のところに行くと、両断された味方の死骸が転がっている。

死んでいたのは鉄砲名人として知られた輪形月平太夫《わかつきへいだゆう》（一説に望月平太夫）であった。

「この断ち具合はどうじゃ」

具足の胸板あたりが断ち切られ、兜の眉庇《まびさし》と顔が裂けていた。馬上、真正面から斬りつけられたのであろう。

甲斐の兵が震えたのは、それが原因ではない。

平太夫の脇に、彼の所持した鉄砲が落ちているのだが、これが銃身木床《もくしょう》ともに両断されていた。

平太夫の鉄砲は、士筒《さむらいづつ》であるから口径も大きい。一両筒《いちりょうづつ》、という太短い鉄のかたまりである。

「何という腕前であろう」

謙信の刀術と、竹俣兼光の評判は、あっという間に広がった。

「雷斬り」が「一両筒」と名を変えたのは、この日からである。

「一両筒」竹俣兼光は謙信の死後、実城《みじょう》（春日山城）内に入った養子弾正少弼《だんじょうしょうひつ》景勝の所有に帰した。天正六年（一五七八）四月のことである。

しかし、この男が養父の遺品を腰に佩いていたのは、僅か十余年に過ぎなかった。新たに天下人となった豊臣秀吉に服した景勝は、彼の求めに応じて兼光を差し出したのである。

「景勝三十五腰」の中に竹俣兼光が含まれていないのは、これが原因という。

秀吉は他の名物と交えて大坂城内刀倉の二ノ箱に収めた。他の名物とは、御鬢所行平《おびんどころゆきひら》、寺木《てらき》長光《ながみつ》、三窪長光《みつくぼながみつ》の他二十腰。

天下様の太刀と折紙が付いて、刀鑑定《めきき》の本阿弥家も押形をとった。秀吉存命中に一度、関ケ原の役後に一度写しとられている。

現在我々の見ることが出来るものは、光悦《こうえつ》押形と光徳《こうとく》押形だが、どうしたことだろう、形がまるで違う。

美術家としても知られた光悦の写しは、

「備州長船兼光（表）・元徳《げんとく》三年十一月日（裏）」の銘が入り、表に不動明王の利剣《りけん》である三鈷柄《さんこづか》の剣を彫りつけ、裏は太い樋に短い刀身と梵字「カーンマーン」が刻まれている。

長さは二尺五寸四分（約七十六センチ）で、これは少々短い気がする。銘が健全なところから見て磨上げでもなさそうだ。

光悦の従兄弟、光徳の押形は二尺八寸分中《ぶのうち》、とあり、こちらの方が伝承に近い。表、裏ともに同形の三鈷柄の利剣が樋の内に刻まれ、さらにそれぞれ梵字が付く。表は不動明王を表わす「カーン」、裏は大黒天《だいこくてん》・摩利支天《まりしてん》の「マ」。銘は、

「備州長船兼光（表）・延文《えんぶん》五年六月日（裏）」

同名異体の記録は、今日に至るまで刀剣研究家を悩ませている。さほどに困っているなら論より証拠、現物を見れば良い、と言う向きもあろう。だが、それは無理というものだ。

元和元年（一六一五）、大坂城の落城によって刀倉の箱は、多くが灰燼に帰した。夏の陣終了後、徳川方の鑑定者が城内の焼け跡に入って調査したものの、竹俣兼光は

灰の中にも見出せなかった。

『常山紀談』には落城直前、豊臣家の近習が持ち出したとされ、徳川家康も、

「名物『一両筒』を見つけた者に、黄金三百枚を与える」

と諸国に布令を出したが、ついに見つからなかったとある。

なお、前記の光徳押形には、

「御物（秀吉の品）、たけのまた」

と書かれている。竹俣は「たけのまた」と呼ぶのが正しいらしい。

# かたくり

一

越後国魚沼郡《うおぬまごおり》上田庄《うえだのしょう》は、現在の地名で書けば新潟県南魚沼郡六日町となる。冬のよく晴れた朝には白々と雪を頂く越後・三国《みくに》の両山脈が間近に望め、春ともなれば盆地を流れる魚野川《うおのがわ》が、陽光を受けて煌《きら》めく美しい土地である。

ここは古く、関東管領上杉氏の所領であった。室町の初期、守護上杉憲顕《のりあき》に従って越後に入った相模の武士団長尾一族の者が南朝方の古城を修築して土地の代官となり、代々、上田長尾氏を称して近隣を統治した。

上杉弾正少弼景勝は、弘治乙卯《こうじいつぼう》の年（一五五五）この城の主の次男として生まれた。幼名は干支《えと》からとって卯松丸《うのまつまる》。五歳で守護代長尾氏の景虎、すなわち上杉謙信に養われ、十歳の年、実父長尾政景の死に遭遇した。

政景は、領内野尻池で船遊びの最中、酔って水中に没したと伝えられる。これには諸説ある。政景は謙信の従兄弟に当り、また謙信の姉を妻に迎えていたが、常に叛意腹中にある者として周囲から疑惑の目を向けられていた。史書には、その死を謙信の謀殺と断定するものもある。

が、謙信は己れが引き取った卯松を他の養い子と分け隔てする事無く、慈しみを持って育てた。戦場から絶えず手紙を送って人質の幼な心を労り、文字を教え、武芸の手解《てほど》きをし続けた。卯松が元服し喜平次《きへいじ》顕景《あきかげ》と名を変えた時、この少年はすでに、謙信を一《ひと》柱《はしら》の神と崇《あが》めるまでになっていた。

謙信の死後、家督の争いを収めて国主となり、越後に弾正少弼在り、と諸国に名が伝わる頃には顕景改め景勝。その物腰、容貌までが養父に酷似していたという。

この男は一種の神懸りともいえる行動をとった。

物言えば言霊出《ゆんで》ずとて口数は極端に少なく、道を行く時は目を吊り上げ、額には青筋を浮かせ、左手は脇差の柄に置き、真正面に顎を定めて左右を一顧だにしない。越後の人々はその威に服する事、さながら謙信に接するがごときであった。

ある時、景勝は川を渡ろうとして船に乗った。船は小振りで、しかも馬や家来まで同乗したため徐々に吃水《きっすい》が下り始め、川の半ばまで進んだ時は危うい状態になった。景勝は無言のまま歯嚙みし、やにわに笞代りの青竹を宙に振った。刹那、同乗の者どもは泳ぐ者も泳ぎを知らぬ者も一斉に水中へ飛び込んで行ったという。

越後人のいじらしさと景勝の武威は、この伝説を以て推し量ることができる。

この景勝ですら目を剝く出来事が、天正十三年（一五八五）に起きた。この年の春、居城春日山に急使が到着し、

「羽柴筑前守秀吉が使い、ただいま国境い越水《こしみず》に至ってござる」

と伝えた。秀吉とは二年前の正月、誓詞《せいし》を取り交して両者の敵柴田勝家の挟撃を確約した。しかしその後、景勝が国内の反乱鎮圧に忙殺されて出馬を果さず、誓約不履行を理由に両者の仲は断絶していた。

秀吉は単独で柴田勝家を討ち、前年八月に越中へ進んで佐々成政《さっさなりまさ》を降した。景勝はすでにして秀吉の仮想敵である。その使いと言えば、これ即ち宣戦布告の使者であろう。

「して、使者の態はどのようなものか」

景勝の謀臣直江山城守が急使に問うた。

「兵の二千も率いて参ったか」

「それが」

僅かに三十有余名であるという。身に甲もまとわず微行《びこう》の装い。しかも、その内の一人が越水の陣営を訪れ、

「これは西国で名高い『柳酒《やなぎざけ》』じゃ。一献さし上げたい」

腰の大瓢簞《おおふくべ》をとって自ら一口飲み、守将たちにも勧めて互いに痛飲した。この者、容

貌醜悪ながら話術巧みにして内に威厳のごときものがある。飲んで遊んで帰りがけ、越水の武者が、

「いや、おもしろい御方じゃ。貴殿の御名をお教え願いたい」

と言うと、酔人はうずうずと笑い、空になった大瓢箪を指差して、

「わしは、これよ」

ふらふらと帰って行った。

「面は猿猴《えんこう》に似て、己れの印を瓢箪と称す。これすなわち、筑前本人に在らずや」

使者の群に混って敵の総大将自らが敵地にやって来たのである。越水の陣は騒然とした。

「絶好の機会でござる。三十余名の使者もろとも押し包んで討ち取れば、越中、加賀はもとより、旧織田領はことごとく我らがものとなりましょう。鶏卵は盤石の上に有り」

潰すに何のためらいがございましょうや、と急使はささやいた。

景勝は鈍そうな目差しを直江山城守に向けた。

「羽柴殿にお会いなされよ」

五歳年下の輔佐役は迷うこと無く答えた。

「我ら越後衆は、不識院《ふしきいん》様（謙信）以来信義をもって諸国に鳴り響いた家柄でござる。されればこそ羽柴筑前様も我らが男気を信じ、軽装にて乗り込んで参られた。これを討っ

ては上杉家末代までの恥。殿には急ぎ国境いへ馳せ向い、羽柴殿と密かに御面談なさるが御上策と存ずる」

「ふむ、話すか」

「掛け合い御破談の暁には、羽柴殿を越中にお送り申しあげ、改めて双方陣を構えて争うが武門の正道でござる。不識院様も、御存命ならば左様にお計らいなされるはず」

「まさに、父ならばそうするであろう」

景勝はさらりと立ち上り、秀吉の人数より少ない十数騎の近習を引き具して越水に走った。

秀吉一行は、越水の大百姓某の家に逗留している。家の周りには越後勢が伏せられ、すぐにでも襲いかかる姿勢を示していた。景勝は兵を引かせて、直江山城守一人のみ連れ中庭より家に入った。

秀吉は土間に座り込んで竹籠に盛った野の花を愛でていた。

「北国の花は、色、香りともに良いの」

隣に座った若い近習に語りかけている。

「雪深い土地柄ゆえ、花も春は一段と美しゅう装おうとするのでございましょう」

近習が答えた。実はこれが近江水口城主石田左吉三成である。

二人は無邪気に花籠の中を探ってあれこれ吟味し、たわいも無い話を続けている。

景勝も山城守もこれには毒気を抜かれた。とりあえず笠の紐を外して土間に腰をかがめて、

「羽柴殿、和談《わだん》拵《ごしらえ》にて遠路御足労にござる。さて、これなるは」

上杉弾正少弼でござると名乗りかけた。その時、秀吉が彼の前につっと立ち、

「弾正少弼殿、つかぬ事を伺うが」

景勝の鼻先に紅紫色の細々とした花を突きつけて来た。驚いて見上げると、目の前に溢れんばかりの笑顔がある。

「この花の名を御存知か」

「は？」

景勝は愚鈍とも思える表情で、花を受け取った。

「ここに至る道すがら、越中の野に点々と咲くを目にいたした。冬枯れの草の下より萌え出ずる手弱女《たおやめ》のごときこの花のいじらしさよ。我らの土地ではついぞ見かけぬものゆえ名を知りたい」

秀吉は言った。景勝、当然知ってはいたが生来無口の質、咄嗟に答える事ができない。

直江山城守が見かねて口を挟み、

「それはかたくりにござる」

当地では根を粉に挽いて水に晒し、食用にいたします、と答えた。

「ほほう、これが堅香子《かたかご》（かたくり）か」

秀吉は、傍らの石田三成にも花を渡した。左吉三成これを見て首をひねった。

「万葉の古歌に花をうたったものは数多かれど、かたくりを織り込むもの僅かに一首。大伴従三位《おおとものじゅさんみ》（家持《やかもち》）が……」

「越中守に任ぜられし頃に作りたる歌にござる」

山城守がすかさず言葉を引き取って、

「『もののふの八十《やそ》少女《おとめ》らが汲《く》みまがふ寺井《てらい》の上の堅香子の花』」

と吟誦《ぎんしょう》した。

「この故事より察しまするに、古より都人には珍らしき花であったかと心得まする」

秀吉は膝を叩いた。

「弾正殿。越《こし》の国は、文武相並ぶ土地と聞いて参ったが、流石よ。これも不識院殿の御遺徳と申すべきか」

「羽柴殿御家中も雅びやかにて」

養父を褒められた景勝は、この猿貌の小男に初めて好感を持った。

「されば奥にて語り申そう」

その後、二人はそれぞれの寵臣に刀を預けて戸を閉ざした。石田三成、直江山城守、両名は庭先に腰を降ろし、徒然《つれづれ》なるままに詩歌漢籍など語り合ったが、汲めども尽きぬ互いの教養に舌を巻き、これ以後長く友人の契を交すに至ったという。

羽柴、上杉の密談は二刻に及び、両者再び土間に立った時、景勝は秀吉に臣下の礼を取っていた。三成、山城守にとって二刻は瞬く間である。

その折りのことだ。山城守は三成の捧持《ほうじ》する秀吉の刀に目を留めて、

「筑前守殿が刀は、我らに似て拵が美々しゅうござるな」

秀吉の腰の物は打刀《うちがたな》拵であった。朱塗りに金蛭巻《きんひるまき》。鐔は金の透《すか》しでひどく薄い造りである。上杉家も謙信以来、武威を示すため日頃の装束を地味に、表道具のみ派手に作ることを掟にしている。

「我が主筑前、きらきらしきものが大の好み。されど、中身は孫六兼元の磨上げと聞き及んでござる」

世に言う「関の孫六」だが、三成は秀吉がこれを抜いたところを見た事が無いらしい。

「おかしゅうござろう」

三成は言った。秀吉は畿内を統一し、今や兵の十数万を超える本朝一の武将である。それが利刀とは言え今出来《いまでき》の刀を帯びている。

「若い頃、苦労の末にこれを購《あがな》い、往時の事を忘れぬ様、今も常の指料《さしりよう》といたしてござるそうな」

「良いお話でござるな」

「弾正少弼殿の刀はこれまた楽し気な拵で」

「ああ、こちらの指料は」

山城守は自分の袖に抱いた刀を見せた。鞘の長さ三尺を超え、反りの深い太刀姿ながら柄頭を大きく張らせた異形の合口《あいくち》打刀拵で、鐔も付いていない。しかも、柄巻の糸は先刻話題にのぼった堅香子の色である。

「平装ならば打刀に数分の利有りとて、太刀拵をかように変えて参りました。中身は不識院殿好みにて」

「たけのまた」兼光でござる、と言った。その名は三成も知っている。

「天文年間、川中島合戦に不識院殿が甲州の鉄砲武者を、構えた筒ごと斬り下げたという……」

「左様、当家では別名を『一両筒』と申す太刀にござる」

文吏とはいえ三成も武士である。天下の名物を一度その目にしたいと思った。しかし、まさか先方の捧持する太刀の鯉口を勝手に切って見せよとも言えぬ。

拵ばかり眺めているうちに秀吉と景勝が談笑しつつ登場した。庭の向うに伏せられていた両家の家臣どもも姿を現わす。

三成は刀についてそれ以上語る事をやめた。彼が「たけのまた」兼光に再会するのは、その二年後である。

## 二

景勝が領内の不穏分子を総て鎮圧し終えた天正十五年（一五八七）。

上杉の主従は行装も美々しく京に乗り込み、秀吉に拝謁した。

秀吉はすでに往年の羽柴筑前ではない。徳川三河守（家康）に臣下の礼を取らせ、四国、九州を降し、太政大臣に任ぜられて姓も豊臣に変っている。

洛中聚楽第《らくちゆうじゆらくだい》において景勝一行は歓待を受け、それより春日《かすが》（丸太町通り）の宿舎に入った。『甫庵太閤記《ほあんたいこうき》』によれば、秀吉が大坂城を出て聚落第に移ったのが旧暦九月十八日というから景勝の上洛もそのあたりのことだろう。

季節は晩秋である。上杉の家臣団は旅装を解くや、ただちに更衣《ころもがえ》の用意を始めた。更衣は一種の宗教儀礼でもある。衣装・室内の調度の他、腰に下げる袋物や太刀の柄巻まで冬の形に変えねばならない。

「我が佩刀《はかせ》も都振りにいたそう」

景勝は例の兼光を取り出して言った。

「八年前の御館《みたて》攻め以来、ついぞこの太刀を研いではおらぬ。話に聞けば京吉水弁財天《よしみずべんざいてん》の霊水は研ぎに良く、父も永禄二年（一五五九）の入洛においては、この水によって兼光を研がせたと聞く」

しかるべき者に託すべし、と命じた。都に疎い家臣たちは困惑したが、京都奉行職前田玄以に相談し、奉行所より周旋を受けて足利元将軍家出入りの研師を見つけ出した。

その年の暮、研ぎは出来上り太刀拵も完成した。

景勝は新たに与えられた京の上杉仮屋敷において兼光を検分した。拵は黒漆造り。鞘を払うと、現われた刀身は冴え冴えとしてまるで新身《あらみ》のようである。景勝は大いに喜び、

「ほほう、やはり研ぎは都じゃの。輝きも一段と良うなった」

座に連なる者どもも口々に褒めそやした。

ところが、ここにただ一人、

「あ、いや、お待ちあれ」

不審がござる、と言い出した者がある。

越後揚北の家臣、竹俣三河守勝綱《かつつな》であった。この男の家は代々三河守を名乗り、謙信の下で度々武功を立てている。この兼光も彼の父慶綱《よしつな》の代に謙信へ献上され、以来「たけのまた」の異名を持つに至ったと伝えられている。

「卒爾《そつじ》ながら御佩刀の表、それがしにお見せ願いとうござる」

景勝が許すと三河守、懐から用意の紫鹿皮を取り出して上座ににじり寄り、太刀を受け取って仔細に点検したが、やがて、

「鍛《きたえ》、樋《ひ》の彫物ともによう似てござるが、殿」

色皮の上に刃先を置いて、一息ついた。

「こは偽物にて候ぞ」

「まことか」

「『たけのまた』はその昔、我ら竹俣一族の守り太刀にて候えば、当家嫡男のみに伝えられた見分けの口伝《くでん》がござる」

「代々の口伝とな」

三河守は景勝の耳に口を寄せた。

「まことの太刀は、棟区《むねまち》より一寸余り上った鎬地《しのぎじ》に馬の毛一本通すほどの孔《あな》が開いてござる。ところが、この太刀にはどこを探しても孔らしきものが見当りませぬ」

「何と……」

景勝は、その場で三河守へ密かに本物の兼光探索を命じた。

三河守は配下の者を集めて屋敷を出たが、鄙《ひな》の者の悲しさ。どこをどうたぐれば手がかりの糸口が現われるものか見当もつかぬ。数日、洛中をさ迷い歩き、精も根も尽き果て、思いあまって直江山城守に泣きついた。

山城守は豊臣家との新たな折衝に忙殺されていたが、三河守の窮地を見かねて一肌脱ぐ事を約束し、まず友人の石田三成に相談した。

三成、この時は出世して従五位下治部少輔《じぶのしょう》にして堺奉行。他に秀吉の検地奉行を兼ね

る豊家の重役であった。実は、と山城守に話を切り出されて、

「ああ、あの折り、堅香子色の柄糸を巻いてござったあの合口拵《あいくちごしらえ》の中身」

すぐに思い出した。

「いかがすれば宜しゅうござろうや」

「簡単な事」

三成は策士である。知恵を巡らせて奉行所の下人どもを呼び集めた。

「下京、上京の古鉄買《ふるがねか》い、研屋、武具商いに噂を流せ」

上杉弾正少弼殿、武蔵坊弁慶が故事に倣って近頃、この京にて太刀集めに勤《いそ》しんでおられる。備前住人兼光の作が特にお好み。二尺八寸から三尺までの太刀は言い値で買い取るそうな。今、売るが得策ぞ。

話は洛中に流れて、上杉仮屋敷には連日、刀箱を担いだ商人《あきゅうど》どもが群がった。三日後、玄関先に積まれた太刀の山を探ると、はたしてあの「たけのまた」兼光が出て来た。

「どこの刀屋が持って参った」

「洛東清水の南坂なる某研師の家でござる」

石田三成は、役人を指揮して刀を掏《す》り替えた一味の十三名を捕縛、都の郊外日の岡で磔刑《はたもの》に処した。

これがまた噂を呼んで、数日後には秀吉の耳に達した。

「謙信坊主愛用の太刀か。欲しいものじゃ」

秀吉の名刀収集癖がたちまち現われて、使者が立った。

太閤殿下の上覧に供せよ、という。上杉家では当然難色を示し、石田三成もあわてて取りなしたが秀吉は天下様の我が儘を押し通し、とうとう「たけのまた」を自分の物にしてしまった。

上杉家としては、まったく泣きっ面に蜂である。謙信の太刀は、こうして大坂城中の刀倉に収められた。

話はこれで終らない。

「たけのまた」を掏り替えた一味刑死直後の事だ。京都奉行職前田民部卿《みんぶのきよう》法印《ほういん》（玄以）の屋敷を秘かに訪ねた者がある。

法印が面会してみると、顔見知りの僧侶である。これが一人の男を連れていた。

「面《おもて》をあげてみよ」

平伏する者の顔を見ると、京の刀鍛冶、西洞院夷川《にしのとういんえびすがわ》に住いする正俊《まさとし》であった。

「どうした」

「実は」

「たけのまた」の模造を造ったのは、自分であると正俊は告白した。

「なぜ、左様な真似を」

「騙されてございます」

正俊は、俗に三品《み》一門《しないちもん》と呼ばれる名工の一族に連なる。永禄年中、美濃鍛冶関兼道《せきのかねみち》が四人の息子を連れて京に移住した際、その末弟《ばってい》として西洞院に入った。他の兄弟に比べて小器用と言われ、大和伝《やまとでん》の柾目鍛《まさめきたえ》や相州伝《そうしゆうでん》の皆焼《ひたつら》を似せる事が上手とされている。

「さる者に、くだんの兼光を見せられて、これと同じものがお前に出来るか、とけしかけられ、意地で鍛えた刀があれでございます」

こういう例は他にもある。造り手が名人の技術を知るために模造し、間に立つ業者がそれを本物と称して他人に売りつける。知らぬ間に騙しの片割れとされるのである。

「聞けばあまりにも不憫《ふびん》。罪無き者なれば、なにとぞお救い下されたく」

知人の僧は前田法印にかきくどいた。

「助けると申しても、はて……」

玄以は当惑した。が、一端《ひとはし》の責任はこの奉行にもある。上杉の刀係に兼光掏り替えの研屋を周旋したのは、玄以その人であった。

「日の岡で磔刑にかけられた者の同類は、今も追及を受けてござる。何とぞ御力をもって」

「相わかった」

玄以法印はうなずいた。この一件では玄以も腹に据えかねるところがある。京奉行職としてその裁断権は自分にある。しかるに石田三成は上杉家周旋役という名目で事件に介入し、勝手に関係者を処分している。

「半僧《はんそう》の身と申せ、このわしにも武家の意地がある。宜しい、助けてつかわそう」

とりあえず山陽道のいずれかに落してやる。瀬戸内より海路西へ逃げよ。

「治部少輔は、わぬしが故郷の美濃に必ず追手を差し向けよう。ここは逆手を行け」

お前程の腕があれば、備前、九州いずれの鍛冶師も喜んで匿《かく》もうてくれるだろう、と玄以は知恵もつけてやった。

三

正俊は指示された通り西に逃げた。名門の刀鍛冶ゆえ、逐電も身ひとつというわけにはいかない。家族、弟子、縁に連なる研師、白鞘師《しろざやし》、炭運びまで交えて数十名の逃亡であった。

初め播磨室津《むろつ》、次に備前児島。ここも危ういと感じて備後の鞆津《とものつ》へ移り、最後は九州豊前中津へ出て黒田家に身を寄せた。豊前六郡の主黒田如水《じょすい》は、石田三成を日頃より快く思っていない。喜んでこの名工を同国宇佐郡《うさのごおり》に隠した。

正俊が京に帰ったのは文禄・慶長の役も終り、関ケ原の合戦も済んだ慶長五年（一六〇〇）の事という。

用心深い正俊は同年十月一日、石田三成が京六条で処刑されたのを確めてから、静かに旧宅へ戻り、越中守を受領《ずりよう》した。

家族や配下の職人も大部分が頭領と都帰りした。しかし、弟子の中には逃亡先で病死した者もあり、また引き止められるまま土着した者もある。

正俊の弟子、関平六正兼《せきへいろくまさかね》もその一人であった。

平六は正俊秘蔵の弟子で、師より正の一字名まで貰う打物造りの名手である。前年、宇佐八幡神領の鋳物師《いもじ》の娘を嫁にとり、子までもうけている。正俊は、行く行くは京における美濃系刀工の中核にこの男を据えようと考えていたから、あれこれと説得した。しかし、平六は首を縦に振らない。

「手前、身に病いあり。九州に参ってより病い治まり毎日心安く暮しております」

身体養生から転地の利を説いたが、別に理由があった。都に戻り職人として名を成せば、再び師のような煩い事に巻き込まれる怖れがある。妻も子も得た現在、名誉など何程の事があろうと平六は考えていた。

「手前、都に帰りましても御師匠の御役に立てるとは、とうてい思われませぬ」

「そうか、残念である」

正俊は落胆し、平六の生活《たつき》が立ち行くように財産の一部を残していった。

同年、黒田家は関ケ原の軍功で豊前十二万余石より一躍筑前五十二万石にのし上り、福岡に城を築いた。平六も博多に移って作刀を開始した。

当時、福岡には肥前忠吉《ひぜんただよし》一門、肥後《ひご》菊池住人延寿国村《きくちのじゅうにんえんじゅくにむら》の後裔《こうえい》、薩摩人好み波平《なみのひら》の流れ等が乱立し、黒田家の故地備前邑久《おく》郡福岡からも刀工らが多く移住している。この中で平六正兼は何人にも遜色の無い刀を造り続けた。

ただし、極めて寡作である。

もともと欲の無い男だ。気分の良い土地で家族ぎりぎり食って行けたならばそれで良い、と三品門下の名誉も軽く捨てた人物である。

後押しする者も次々に離れ、注文もこなさずに世を渡るうち、やがて世間から忘れ去られ、愛想をつかした妻子も実家の宇佐に帰ってしまった。

一人暮しの憂さを晴らさんと博多の色町に平六はのめり込み、生活はますます困窮した。そして、三年後、借金がかさんで福岡にも居ることが出来ず、ついに夜逃げしてしまったのである。

刀鍛冶はただの職人ではない。城下町では武具の用立てをする役割を担わされて、知行の代償に武士と同じ軍役も担当する。

この点、平六は人々から見離され雑鍛冶に近い身上となっていたから気楽であった。

筑後、豊後、肥後と鞴《ふいご》ひとつ鎚《つち》一本抱えて放浪するうち、日向の県《あがた》（延岡）高橋元種の城下町である人物に拾われた。

「我らと組まぬか」

　とその男は言った。十市《とい》颯軒《ちふうけん》という関ケ原牢人である。元は美濃で伊藤加賀守秀盛に仕え、薪炭《しんたん》奉行をしていたというから、こ奴も鍛冶職の片割れであろう。颯軒は県の荒れ寺に平六を誘い、仲間を紹介した。全て主家を離れた戦場歩きの雑鍛冶である。

「我らは、これより一山当てようと企んでおる」

　隣国薩摩へ出掛け、銭を儲けようと言った。

「薩摩人は他国者を野犬のごとく嫌うというぞ。しかも」

　関ケ原の役では西軍に参加。辛うじて領国を守り通したものの住民は疲弊して、あちこちで地侍の反乱が起きている。

「空《うつろ》の竹筒、逆さに振って粉も出ぬ国だ」

「ところがよ。薩人も阿呆ではないわ。うまい銭儲けの道を見つけおった。島津家久は、近々琉球王を攻めるぞ」

　江戸の家康もこれには内々に許可を与えているという。

「薩摩の軍法は他国者の陣借りを許さぬ。じゃが我らは野鍛冶よ。合戦には一人でも多くの刀直し、種子島直しが必要だ。喜んで座を設けるであろう」

「戦鍛冶《いくさかじ》か」

「お前は名高い越中正俊秘蔵の弟子じゃ。我らの頭領になってくれぬか。島津への売り込みは、我がする」

「行こう」

明日の麦粉を買う銭も無い。鞴を売るか物乞いでもするかと思っていた矢先の事だから、平六は渋々うなずいた。

慶長十四年（一六〇九）二月、島津家は百余隻の軍船を領内山川《やまかわ》の津に集め、樺山権《かばやまごん》左衛門久高《ざえもんひさたか》、平田太郎左衛門増宗《ひらたたろうざえもんますむね》の二名に兵三千を与えて琉球攻めの軍を編成した。

平六正兼を頭とする十五名の刀鍛冶甲冑鍛冶は、樺山勢千五百の後詰めに名を連ねた。

出帆は三月四日である。奄美、徳之島、沖永良部《おきのえらぶ》、与論《よろん》の各島嶼《とうしょ》で兵糧を徴発しながら南下し、三月二十五日、ついに琉球本島に到着した。

初め島津勢は那覇の港に上陸して、直接首里《しゅり》の王城を突く計画であった。が、琉球王家の将、謝名親方鄭迵《じゃなおやかたていどう》の巧妙な作戦によって上陸は頓挫した。

謝名親方は配下の若者のうち、船手として優秀な者を選抜し港近くの入江に隠していた。彼らの軍船は「サバニ」と呼ばれる安定性の良い小型船である。ここに火攻めの修練を積んだ琉球三司官《さんしかん》の配下を添え、島津家の軍船が湾内に入るのを待った。そして足軽を満載した関船《せきぶね》が岸辺に接する直前、一斉に火矢を放ったのである。

火炎を見て後方の大型船は港の外に退避を開始する。ここへサバニが高速で近付き、包囲した。

琉球軍は戦闘能力の無い荷駄船を狙い戦果を拡大していった。平六の乗る船も火矢の目標にされ、立てたままの筵帆《むしろほ》はたちまち巨大な炎の壁となって船内に落下した。

「帆柱を折り倒せ」

「渡り板に水をかけよ」

桶で海水を汲み上げる者、手斧で火のついた柱を斬り落す者など船内は大混乱である。

島津の荷駄船は左右に弾除けの竹束を吊し、矢倉を廻らせた伊勢船形式であった。水夫《かこ》を守るため合戦開始と同時に矢倉の戸を閉ざすのだが、こうすると舷側《げんそく》の視界が極端に悪くなる。丈の低いサバニで接舷した琉球兵は、櫓《ろ》の隙間や矢倉の補強材を足がかりに次々とよじ登って来た。

平六が渡り板の火を消して、ほっとするところに荷駄船の舵取《かんど》りが、

「お、お前《ま》んさあ、島五郎《しまごろ》（琉球人）じゃっど」

後方を指差して悲鳴をあげた。頭に赤い布を巻き、身幅の異常に広い中国刀を構えた三司官の手兵が、矢倉の楯を打ち割っていた。

「槍だ、船槍を持って来い」

船内の槍立ては船印の脇にある。もう、そこまで行く余裕も無かった。

「刀を」

「そこの刀箱じゃ」

荷駄の軍夫は船内で働き辛いといって脇差さえ身に付けない。それは、潮で錆びると後の手入れが面倒になるからだ。

薩摩の軍法は峻烈で、己れの脇差に赤錆を浮かせた者は即座に首を打たれる。これを恐れて水夫たちは日頃、油びきの箱に刀を収めておくのである。

平六が箱を開いた時、琉球兵が楯を打ち割って船内に乱入した。

(何だ、この刀箱は)

脇差に混って長目の打刀や古ぼけた太刀拵がぎっしりと詰っている。

平六は中から一番丈の長い太刀を取り上げた。頑丈な中国刀や柄の長い眉閃刀《びせんとう》(中国薙刀)と争うには、この形が最適であろう。

琉球兵は奇声を発し、目前の味方を両断した。これは上陸用の軍夫で鉄笠を被っていたが、この笠ごと頭頂が斬り割られた。

脳漿《のうしょう》が飛んで平六の小袖にかかる。

平六は鞘を捨てて太刀を振りかぶり、前へ一歩踏み出した。敵と目が合った。人と斬り合った事は無いが、自分の鍛えた刀で据え物斬りをした経験はある。

琉球兵は刀の峰を右肩に置き、棒でも担うような構えを見せる。打ち込む刀を遠心力で弾き飛ばそうというのだろう。

船内の騒ぎが一瞬収まった。水夫も侵入した敵も凍りついたように動かない。戦いの成り行きを見てやろうというのだ。

琉球兵は赤い頭巾をかなぐり捨て、再度奇声を発した。

（誘いをかけている）

平六は先反りの柄を握りしめ、右脚の爪先を立てた。敵は、これを挑発に乗ったと見た。突然肩から刀を持ち上げ片手打ちに、ぶんと振り降した。

平六は左に避けるつもりだった。が、そこには床が無い。渡り板の向うは真っ暗な船倉が口を開けていた。

逃げ場を失った平六は腰を落し、敵の籠手《こて》に向ってすくい上げた。斧のごとき中国刀と正面に打ち合ったとて勝目は無い。刃を叩き折られるだけである。

琉球兵は頰に薄く笑いを浮かべて平六の太刀を受けた。

と、その時、信じられぬ事が起きた。

平六の太刀は低い金属音を残して敵の刀を斬り折り、棟区《むねまち》に添えた左手ごと宙空に弾き飛ばしたのである。

反射的に平六は前進し、掛け声とともに敵へ二の太刀を加えた。

「唐刀《からがたな》を」

「刃物ごと籠手斬りしたぞ」

あまりの凄まじさに船中の人々は足がすくみ、口をあんぐりと開けるばかりだった。

舷側の竹束が焼けて爆発する音だけが聞こえている。しばし後、

「わっ」

と、叫んで残りの琉球兵は海に飛び込んで行った。気を取り直した軍夫らが鉄砲を持ち出して逃げる敵の小船に射撃を開始した。

味方の小早船からも援軍が着き、戦闘は終った。

（恐るべき斬れ味よ）

平六は、己れの腕が優れている、と思う程自信家ではない。急いで火の粉の中に太刀をかざした。

（これは、兼光《かねみつ》ではないか）

備州長船兼光の特徴がありありと見えた。

「なぜこのような名刀が雑兵の刀箱に」

平六は目を見張った。

騒ぎが収まると、全軍船は法螺貝《かい》を吹き鳴らして沖に撤収した。最初の合戦は敵を舐めてかかった島津軍の敗北に終った。

樺山久高は那覇の直接上陸を諦め、側面の運天《うんてん》から兵を揚げることとした。

この上陸開始直前、久高は自分の五十丁櫓船《ごじっちょうろぶね》に平六正兼を招いた。

「その方、鍛冶職でありながら抜群の腕前であるそうな」

赤地白抜きの八幡大菩薩旗を背にして床几《しょうぎ》に腰を降ろした久高は、差し出された太刀と平六を見比べて舌を巻いた。

「斬った唐刀を見せてた申《も》んせ」

琉球人の刀は切断面も滑らかで、磨いたようだ。念のため太刀と合わせてみると、物打ちの辺に出来た傷が斬り口に一致した。

「げに恐ろしきは抜刀の技」

「それがしの腕ではござらぬ。兼光の技量がこの命を救ってござる」

荷駄人夫の刀箱に、なぜこの名刀が紛れ込んだかそれが不思議、と平六は言った。

久高は船中の武具奉行を呼んで質した。

「これなる油びきの刀箱は、昨年八月に堺の町より古鉄売りが売りに参ったもののひとつでござる」

琉球王尚寧《しょうねい》の交易船差し止めを口実に征伐の実施が決定された慶長十三年秋、島津家では大量の武具を買い整える必要に迫られた。

島津家は関ケ原の直後、徳川との合戦に備えて領内各地に砦を築き、また叛徒の撃滅に力を注いでいたから財政は逼迫している。やむなく雑兵の用いる物は古物で済ませた。

「豊家刀狩りの際に鋳潰される事を免れ、安南《あんなん》、呂宋《るそん》に送られて行く太刀、脇差。あるいは奉行所の贓物《ぞうぶつ》として売りに出た野盗の刀など買い集めました。その折り、紛れ込んだものではありますまいか」

（堺町奉行所の贓物）

平六は、はっと息を飲み、

「それがし思い当たる事がござる。太刀を再度拝見いたしとう存ずる」

久高から太刀を取り返し、刃文《はもん》を丹念に見た。

（間違いない。これは本物の兼光ではないぞ）

「権左衛門（久高）殿。ここな太刀は、今を去る二十有余年昔に我が師、三品一門の正俊が刀工の意地にて打ったる『たけのまた』兼光の写しでござる」

「写し」

平六正兼は、刀の関わりと正俊逐電の物語を手短に語った。

「写しと申せ、真の『たけのまた』に劣る事無き斬れ味の良さよ。その方の師匠はやはり名工じゃの」

師匠がその方の命を守ってくれたのだぞ、と久高は感動の面持ちで言った。

平六は言葉の出ぬまま、いつまでも師の太刀を握りしめていた。

その日、運天から上陸した薩摩の軍兵は首里城の側面を襲い、同年四月五日に至って琉球王尚寧は城を開き降伏した。

島津の兵は王を連れて帰国したが、平六は人数の中に入っていない。

この男は「たけのまた」の写しを貰い受け、そのまま島内に土着して野鍛冶となったと、口碑《こうひ》にはある。

# このてがしわ

一

女子大の家政学部や美学科の選択科目に、「服飾史」というのがある。図版の多い教科書を使う授業だが、この中に必ずといって良い程出ているのが、細川《ほそかわ》幽斎道服《ゆうさいどうふく》姿である。京都南禅寺天授庵《てんじゅあん》蔵とされるこの肖像は、以心崇伝《いしんすうでん》の讃《さん》が上部に付く大振りな軸で、その押し出しの割りには幽斎自身はひどく寛いだ姿に描かれている。

小紋の袴に包まれた足を投げ出し、上は辻ケ花風の小袖に薄地の道服。出鮫合口《だしざめあいくち》拵《こしらえ》を腰下がりに差し、右手に団扇《うちわ》。夏の一日、庭に一陣の涼風吹き抜けるを愛でるの図、といった塩梅《あんばい》だ。

物の本には道服と胴服を混同しているものもあって、下手な画像では識別にも苦労する。しかし幽斎の像は同じ羽織形でも腰下に襞が明確に描かれていて、はっきりとした道服の形である。

道服は法衣の直綴《じきとつ》から発達した。主に公家で仏道に帰依した者が私的な場所で用いる。晩年、幽斎玄旨《げんじ》の名で京の片隅に暮すこの男を、世人は学問・芸道に秀でた法体《ほったい》の楽隠居と思い、当人もそう称した。天授庵の所蔵画はその表現なのである。

が、しかし、この老人ほど食えない人物も珍らしい。

足利幕府重臣の一族に生まれ、十二代義晴、十三代義輝に仕え、十五代義昭を将軍職に戻す運動を起した。それほどまでに立て続けた足利の家も、織田信長が義昭と事を起すやこれを最後と見かぎり信長に付く。信長が明智光秀に滅ぼされた後、叛臣の行く末を見抜いて姻戚の絆を断ち、秀吉に付く。秀吉はこの男の学問に眩惑され、彼にとって代った家康ですら、幕府開府の際は朝廷工作を彼の息子に頼って借りを作ってしまった。

座持ちのうまさも抜群である。たとえば、以下の話。

秀吉が関白に就任する直前の事と思われる。

殿上人の教養を速成で得ようと企んだ秀吉は、能、茶、香《こう》、歌、礼法などの席を設け、それぞれの師匠に一流の人士をあてた。元来が器用の質である秀吉は、数ケ月にしてそこそこの成果をあげている。

茶についての覚えが最も早く、次いで能を理解し「明智《あけち》討《うち》」等の新作を己れで考案した。これらは師が良かった。聞香《もんこう》についてはあまり伝わっていない。

歌は下手であったという。

この尾張人は努力家である。己れの弱点を克服するため、陣中はおろか厠の中においても歌を作り続けた。

これで良しと思い定めた頃、連歌の会を催して己れの力を人々に問うた。

連歌の師は名高い里村紹巴《さとむらじょうは》。天正十年（一五八二）五月、明智光秀が洛北愛宕《あたご》山西坊で謀反を決意した際、脇にいて歌を詠んだあの人物である。

時も同じく夏。秀吉はこう作った。

武蔵野にしのをつかねて降る雨に
ほたるならでは鳴く虫もなし

秀吉は満面笑みを浮かべた。巧みに季語をとり入れたつもりでいる。紹巴は苦蓬《にがよもぎ》を舐めたような顔で秀吉を見た。

「どうだ、何か申すことは」

「ございます」

紹巴には剛胆なところがある。歯にきぬ着せぬ言葉を吐いた。

「……古来、蛍が鳴くという話は聞いたこともございませぬ。恐れながら、これは使えぬ句と心得まする」

秀吉は途端に不機嫌な表情となり、ぴしりと己が手に扇を当てた。そこへ、

「いや、それはいかがなものか」

声があがった。見ると細川幽斎である。彼は秀吉の和歌の師としてそこにいる。

「蛍が鳴く、という歌もござる」

「ほう、何と」

膝を乗り出す秀吉に幽斎は、

奥山の朽木《くちき》の洞《ほら》になくほたる
声なかりせばこれぞ狐火《きつねび》

すらすらと答えた。

「おう、おう、あったか。そうであろう、そうであろう」

秀吉は扇を打ち振った。紹巴は不審そうに幽斎を見返した。

「いずれの歌集にその歌がございましょう」

お聞きしとうございます、という。幽斎は表情も変えず、

「『千載集《せんざいしゅう》』に相違なし」

「それはおかしゅうございます」

紹巴は肩を揺った。

「やつがれ若い頃よりこの道に思いを入れ、『千載集』など我が持仏に等しく、手の筋を見るより確かに覚え知ってございます。しかも、奥山に鳴くものと申せば、まず鹿とするのが歌の筋でござりましょう」

「黙らっしゃい。わしは三条西家より『古今伝授《こきんでんじゅ》』を受けた者である」

和歌は連歌より上位にある。しかも幽斎は歌人三条西実枝《さねえだ》（内府《ないふ》実澄《さねずみ》）より二年かけて『伝授』を受けた。この事は、当時の人なら誰もが知っている。

「歌は位で詠むもの。天下様の力を以てすれば、奥山の鹿を輝やかせ、蛍を雨中に鳴かせることも可能ではないか」

たしかに高位の者が歌を詠じて奇瑞《きずい》を得るという故実は多い。幽斎の一言で紹巴は引き下り、座は丸く収まった。が、人は幽斎の諂《へつら》いぶりに辟易《へきえき》した。

もっとも、この話には続きがある。会が終った後、幽斎は秘かに紹巴を招き、以下のごとく説いた。

「天下殿には、ただいまのところ歌の味を楽しまれてござる。これを些細な法《のり》にてしばりつけ、それがもとで嫌悪の情を抱かれては、天下歌の道は断たれるやもしれず」

要は、秀吉の我が儘こそ嫌え、ということなのだ。

「ここはなかなかに心広くいたされるが御身のためでもござろうとて、先程は詭弁を使うた。許されよ」

連歌まかりならぬと布令《ふれ》でも出れば、大ごとである。そこまで読んで物を言えと諭したのであった。紹巴は得心し、初めて笑顔を見せたという。

名家の裔《すえ》ながら気働きの男、細川幽斎。さぞや畳の上の遊泳術ばかり覚え暮してきた人間と思う向きもあろう。

しかし、幽斎の武芸に関する記録には驚くべきものがある。師は塚原卜伝《つかはらぼくでん》と上泉伊勢守信綱《かみいずみいせのかみのぶつな》。洛中において将軍義輝の側近であった時、彼はこの二人の剣豪より刀術を学んでいる。

鹿島兵法の達人卜伝の場合、生涯三度修行のために上洛しているが、足利家に彼が足を止めたのはその三度目。時に卜伝は老境に達し、剣は神技に近い。学びの場に行き合わせたものは幸運というべきだろう。

幽斎、膂力《りょりょく》も人にぬきんでている。当時としては大男の部類に入り、それを誇るところがあった。

まだ与一郎と名乗っていた頃のこと。ある日、洛外を歩いていると向うから牛が来る。

背後で牛飼いらしきものが叫んでいるところを見れば離れ牛であろう。

「おお、口から泡を吹いておるわ」

朋輩の一色《いっしき》某という少年が幽斎の袖を引いて道に片寄ろうとした。まずいことに町中の一本道で下る場所とてない。

「後に逃げよう。突きかけられればひとたまりもないぞ」

「武士が後に下るは縁起も悪し」

華冑《かちゅう》の家に仕える少年ながら気概がある。与一郎は小袖を片肌脱ぎして、やって来る牛の角を握り、ぎりぎりと押し戻した。牛も意地になって押してくる。しばらくその繰り返しだったが、やがて牛の方が根負けして大人しくなった。

「これにて己れの力を知ったゆえ、その後も好んで牛と力比べをした」

幽斎は晩年人に語っている。こんな人物が一流の刀技も得ているのだ。弱かろうはずがない。

二

幽斎、父（養父）細川元常に従って十四の歳から畿内各地を転戦し、十六の歳初めて敵の首をあげた。

一説にはこの時、将軍より拝領したのが名高い大和鍛冶、手掻包永《てがいかねなが》の太刀であったという。

手掻という奇妙な名は地名である。南都（奈良）東大寺の西にその名の門がある。昔は正倉院から真っ直ぐここまで一本の道が通っていた。門そのものには現在、「転害門《てがいもん》」という看板が立っている。この字面の凶々《まがまが》しさから手貝の字を宛て、門の西に連なる町名も手貝町と称している。

が、その語源は「碾磑《てかい》（石臼《いしうす》）」である。いつの頃かこの素朴な門の前に朝鮮から渡来した臼が置かれ、門も同じ名で呼ばれた。

手掻包永は鎌倉末期、正応《しょうおう》（一二八八～）頃に登場した名工である。

包永は、大和五派と呼ばれる大和鍛冶の中でも特にこの門前町とつながりが深く、手貝町バス停の先に現在も包永町の名が残っている。南都職人集団は、多くが寺院に隷属する極めて地位の低い場所から出発している。手掻派も初めは東大寺鍛冶と称し、大和国十五ケ所、諸国三十三ケ所の寺領で使用される鉄器を賄《まかな》っていた。

包永以前に手掻の祖と思われる刀工の存在が考えられるが、現在までのところ確固とした証拠はない。記録ではこの人物をもって工匠の祖という。

包永の名を持つ者も実は一人ではない。

初代包永が正応、二代が元亨《げんこう》（一三二一～）、三代が貞和《じょうわ》（一三四五～）から延文《えんぶん》（一三五六～）の南北朝期に活躍している。室町に入ってからも同名の者はいたであろう。

細川幽斎の太刀が、ではいったいいつの頃の包永作かといえば、これがまたわからない。

しかし、数々の伝承、将軍家より拝領の事実から見て、初代の作と見るのがまず妥当なところであろう。

幽斎三十九歳、藤孝《ふじたか》と名乗っていた元亀《げんき》三年（一五七二）。彼は包永を引っ提げて、十五代将軍義昭の軍に加わり、大和国に出陣した。謀将松永弾正（久秀）の反乱鎮圧である。

『信長公記《しんちょうこうき》』に、

「五畿内・公方衆を相加へ後詰めとして御人数出《い》だされ（弾正の城）取り巻き……」

とあるのがそれである。

時に将軍義昭は、後見人織田信長と不仲である。義昭は信長を倒すべく秘かに、甲斐武田信玄の上洛を促していた。松永弾正は、信玄強しと見て早々に信長を見かぎったのである。

義昭の公方衆たる幽斎が、その義昭の側についた弾正を討つ。まことに畿内は混乱していた。

表裏定からぬといえば、この時細川勢の前面に出現した敵もわけがわからない。

僧形《そうぎょう》の一団であった。

「様子を見て参れ」

使番を走らせて高台に昇らせるとただちに馳せ戻り、

「まこと古風なものでござる」

幽斎に伝えた。

「多くの者は裹頭《かとう》に腹巻、上に素絹《そけん》をまとい、手には熊手・薙刀。鉄砲は少のうござった」

「旗印は何か」

神将図《しんしょうず》にて候、と使番は言った。

「三間半の旗竿に、それぞれ伐折羅《ばさら》・迷企羅《めきら》・安底羅《あんちら》など十二神将の図を描き立てて組となし、中央に白の流れ旗二旒《にりゅう》がござる」

「それが将旗か」

幽斎の一団、山道へ折り敷くところに、やがて敵は尾根を越え続々と下って来た。

なるほど中軍《ちゅうぐん》に白い流れ旗が見える。

双方楯を並べ、鉄砲を射ち矢を放って揉み合いが始った。

長柄《ながえ》の叩き合いに移るが、戦場が狭く手負いばかり増えてなかなかに勝負がつかない。

小半刻もそうしていただろうか。やにわに敵の先手が引き退き、中軍の将が進み出た。

「そこなるは、細川兵部大輔《ひょうぶのだいぶ》が軍勢と見たり」

五条袈裟《けさ》で顔を包み、金小札色々縅《きんこざねいろいろおどし》の華麗な奈良具足に身を飾った法師武者である。

「かく申す我は、興福寺衆徒にその人ありと知られる荒三位《あらさんみ》と申す者にて候。山道の小戦なれば勝敗決着つけがたし。この上は雑兵を引かせ一騎討ちにて試合いたさん。荒三位と組む者は無きか」

大音声《だいおんじょう》をあげた。

「噂に聞く力者《りきしゃ》法師とはあれか」

幽斎は馬上小手《こて》をかざした。

南都大乗院の下級僧あがりで、元の名は金剛。力は五十人力という。永禄年間、奈良新浄土寺が経営する銭湯から入浴拒否を受けた諸芸人が武力で風呂に立ち入ろうとした時、この男は暴徒の中に抱えあげた馬を投げ込み、唱門師《しょうもんじ》数人を圧死させた。

その後、興福寺の学僧とも悶着を起して南都を退去。松永弾正の配下に入った。弾正久秀は、信長の中央進出以前から興福寺と事をかまえており、僧兵とは犬猿の仲である。その犬が猿の手下になって信長方に歯向って来るというのだから、この悪僧もねじくれている。

「白旗に荒三位の名とは、また」

幽斎は高笑いした。

源平時代の武将源三位頼政《げんざんみよりまさ》からとった名に違いない。それより約四百年前、頼政が以《もち》仁王《ひとおう》を奉じた際に、奈良法師は宇治平等院で平氏と戦い天下にその存在を誇示した。

織田信長の家系は伊勢平氏を称している。

「平氏を討つ」という気負いの現われが源氏の白旗と、三位の名に現われているのだろう。

「誰ぞ、ためしに取りかかって見よ」

幽斎は左右を振り返る。

(子供じみた事を)

「心得申した」

織田方についた大和衆の中から越智家定《おちいえさだ》なる者が槍をしごいて進み出た。

そこへ、

「越智殿、御免」

脇をすり抜けて、馬を走らせた者がある。幽斎の小姓を勤める伊勢氏の少年である。

「や、いかん」

後見人らが後を追おうとした。しかし、少年はそれをも振り切って敵前の尾根に馬を進めた。

「これはもと公方様奉行衆、伊勢兼高《かねたか》の子にして、今は細川兵部大輔が児小姓《ちごこしょう》を勤める唐菊丸《からぎくまる》。当年十四歳の初陣ぞや」

　名乗りをあげてしまった。

「これは、兵部大輔家の馳走いたすことよ」

　荒三位は大長巻《ながまき》を振り上げた。

「衆徒に見目《みめ》良き稚児をくだされるとは、細川家も親切じゃ。ありがたくいただくとしようかい」

　大和の叛徒らは楯の内で、どっと笑った。侮られた唐菊丸、少年に似合わぬ大身の槍を持ち直し、山道にかつかつと馬を走らせた。

　荒三位、頭上で長巻をひと振りし、同じく馬に笞を当てる。

　声を張り上げ、道の中程にある赤松の根元まで来ると互いに馬の足をゆるめ、木のまわりを輪乗りし始めた。

　どちらも相方の馬手《めて》にまわり込もうとする。馬上術の基本である。

「荒三位め。法師の分際で」

　幽斎は顔をしかめた。僧兵は徒歩戦が主で、馬上戦は苦手なはずだ。しかしこの怪物は侍並に手綱を操っている。

　危うい、と見た唐菊丸の初陣後見人二人が、茂みの中から松の根方に忍び寄った。中の一人が素槍で荒三位の騎馬を打たんとする。尻を叩いて暴走させ、敵が怯んだ隙に討ち取らせる、というのが介添《かいぞ》えの常套手段である。

だが、この者は迂闊であった。目標を誤り、唐菊丸の馬を打ってしまったのだ。馬はたちまち棒立ちになる。そこへ荒三位の長巻が一閃《いっせん》。唐菊丸の槍を打ち折り、兜の錣《しころ》二間目から首筋まで斬りつけた。

おお、と敵味方ともに声をあげた。

落馬した唐菊丸に馳せ寄る後見人の一人を、荒三位は返す刃先で突き殺し、さらに逃げる一人を追った。

「卑怯」

幽斎はつぶやいた。荒三位に対してではない。介添えが責任もとらず逃げ出すという行為が許せなかったのだ。

徒歩の者と騎馬では勝負にならない。荒三位は鞍から腰を浮かせ、長巻の柄を長く握って一気に振り降ろした。

敵に背を向けた後見人は、旗差物の合当理《がったり》を斜めに斬られ、刃は具足の背板に深く食い込む。

大長巻の威力はすさまじい。その男は胴を半ばまで断ち割られた。血潮は三尺程も吹き上る。

「見たか」

荒三位は赤く染った五条袈裟の裾を跳ね上げて、長巻をかざした。

幽斎は兜の眉庇を静かに持ち上げ、

「槍」

自分の槍持ちに言う。

「御大将自ら……」

槍持ちはためらった。

「それは軽率なる御振る舞い」

越智家定が言った。

「相手は卑賤な法師武者。幸い味方の鉄砲が届く場所に出て来てござれば、鉛玉にて煎《い》り放ちに殺すがよかろうと存ずる」

さもなくばそれがしが、と進もうとするのを幽斎は押し止め、槍を取って手溜《てだま》りを確かめた。

「唐菊は、わしが父播磨守（元常）の下で長らく勤めた家人の孫。しかもその家筋を辿れば実家三淵《みぶち》家と並んで将軍家申次《もうしつぎ》衆となった伊勢家である」

手綱を引いた。

「彼の者の戦死は、わしの責任。あの敵を討ち取らねば、立ち場が無いわ」

馬の腹をひと蹴りして飛び出した。

荒三位は倒した者の首を獲ろうと、馬を降りかけている。幽斎は一直線に走り寄った。

「荒三位とやら。小姓の仇じゃ。兵部大輔が相手してくれる」

「うれしや」

法師武者は鞍壺《くらつぼ》を叩いた。

「寄手の大将御出馬とは」

幽斎は馬をかって左後方にまわり込んだ。普通はここで勝負がつく。しかし、荒三位も並の者ではない。巧みに長巻を持ち換え、槍をからみ上げた。

「あっ」

と幽斎は槍を離した。からり、とそれは地に落ちる。そのまま握っておれば柄に沿って指を斬り落されるところだった。

荒三位は馬を引き、得物を左にまわして猛然と掛かってくる。幽斎は太刀の渡り巻を摑み、鞘を外に向けた。銀色の光が鼻先をかすめた。右手が痺れた。

(斬られたか)

血は出ていない。抜きかけた太刀の兜金《かぶとがね》に長巻の先が当ったのだ。

(何と太刀の抜き辛《づら》いことか)

ようやく鞘から切っ先が脱した時、荒三位が馬首をまわした。

「死ね」

水平斬りの構えである。幽斎は目をつぶって太刀を薙《な》いだ。強烈な手ごたえがあった。荒三位は右脇を駆け抜けて行く。その手に長巻が無い。それどころか肩先まで失っていた。

荒三位の右手は、長巻の柄を握ったまま弧《こ》を描いて道に落下した。

たまらず落馬する荒三位に幽斎の小姓らが走り寄り、仲間の仇と槍でめった刺しにした。

手早く獲って差し出す首を幽斎は太刀の先に貫いて高くかかげ、

「見よや、南都一の悪僧を兵部大輔討ち取ったり」

大和の叛徒は、楯を捨てて、どっと引いた。あとは山中の追撃戦である。

三

この戦いで公方衆の得た首は五十余。内三個は幽斎自らが獲った。

血に狂った幽斎は、荒三位の首を抱えたまま単騎敵中に駆け入り、悪僧の舎弟で同じく興福寺の衆徒西覚《さいかく》・慶覚《けいかく》の両名を組み打ちで討ち取った。中でも西覚坊は今弁慶と渾名される猛者である。

将軍義昭は仰天して即座に感状《かんじょう》を与えた。

室町礼法を重んじる大人しい公方侍と見ていた世間の人々も、幽斎に対する認識を改めた。

織田信長はこの男を頼りになると踏んで事あるごとに書状を送り始めた。

義昭としては、日に日に接近していく両者が不気味に感じられる。主従の間は次第に齟齬《そご》を生じ、同年九月、信長が義昭へ「失政十七ケ条」と称する意言書をつきつけたのを潮に、幽斎は蟄居した。

山城国青龍寺《せいりゅうじ》の居城に籠った彼は、和歌を詠み庭に降る霜を見て暮したという。一人、愛刀の手搔包永を眺め、感慨にふけることもあったであろう。

翌年、信長は義昭の住う二条第を一万の兵で包囲、室町幕府は崩壊した。幽斎は足利に連なる細川の姓を捨て、信長から新たに保証された知行地の名を取って「長岡藤孝《ながおかふじたか》」と改名した。

時流に乗るためには、まず己れを徹底的に捨て去る。名家の者にはなかなか出来ぬことであった。

天正元年という年はまことに目まぐるしい。四月、義昭が京を去る直前、信長は将軍に与した上京町衆の家々に放火した。同月、武田信玄は信州伊那で陣没。七月に足利義昭が宇治槙島《まきしま》城で再度挙兵して敗れ、八月には朝倉・浅井両家が滅亡した。

義昭は敗れた後も征夷大将軍の地位を保持している。貴人の軽挙は配下が責を負う習わし。幽斎の兄、三淵藤英《ふじひで》は義昭の命令で二条第を守った罪を問われ、自害して果てた。

幽斎は兄の死にもかかわらず信長に忠節を尽している。居城近くの淀に跋扈《ばっこ》する三好三人衆の一人岩成友通《いわなりともみち》を討ち、感状を受けた。

『信長公記・巻六』の「岩成討ち果され候事」には岩成の同志、番頭大炊頭《ばんがしらおおいのかみ》・諏訪飛騨守《すわひだのかみ》の両名を、秀吉が調略によって内通させた話が出てくる。

幽斎は内通した二人に命じて、岩成を淀城から燻《いぶ》し出した。織田方の思惑通りに岩成は出撃し、幽斎の家臣下津権内《しもつごんない》という者に討ち取られた。

「組み打ちにて主税介《ちからのすけ》殿（友通）を討ち申し候」

合戦が終り首を持参した権内は、幽斎へ誇らし気に言った。

「手傷を負うておるな。手強《てごわ》かったか」

幽斎は尋ねた。権内は胴丸の高紐《たかひも》から、白布で右腕を吊っていた。

「主税介殿もそれがしも薙刀でござる。それがし籠手をしたたかに打たれて獲物を取り落し申した。このままでは斬り殺されると思い、打刀《うちがたな》を逆手《さかて》に抜いて主税介殿が懐に飛び入るところ」

権内は左手で刀を抜く真似をした。

「主税介殿も薙刀を捨て太刀に手をかけてござる。しかれども剛刀ゆえひと息で抜くことあたわず。刀身鞘の半ばにあるうちに、それがし組みつき、逆手に持った刀をよだれかけ（鎧の喉輪《のどわ》）の間に差し込んで、一気に首を掻いて候」

「岩成は太刀を抜けなんだか」

幽斎は驚いた。権内大きくうなずき、

「左様にござる。刃渡り三尺近きに候えば、抜かんとするに首筋、籠手の脇大きく空き、抜き放つにも手間どってござる」

「なるほど、長尺の太刀ならばさもあらん」

幽斎は下津権内に首を持たせて、信長が浅井攻めの陣を構える江州高島《ごうしゅうたかしま》に送った。信長は喜んだ。

「高名比類なきの旨、御感《ぎょかん》なされ」（『信長公記』）

着ていた胴服を脱いで権内に与え、その武功を称えた。


（打刀は強い）

接近戦闘では一瞬の早技が勝負をきめる。

（二年前、荒三位を斬った時も、わしとて抜くに手間どった）

幸運にも荒三位の長巻は刃筋が曲ったため、柄を削るのみで済んだが、

（これからは、将といえども刀は寸を詰めて帯にたばさむが良かろうな）

天正二年（一五七四）三月の初め、幽斎は家中の腰物《こしのもの》奉行を呼んだ。

「思いきったぞ」

秘蔵の手搔包永を取り出した。

「この太刀を磨上げる」

「それはまた」

奉行は目を丸くした。

「前《さきの》将軍家からの御拝領刀に傷を御付けなされまするか。もったいのうござる」

「ふん、もったいないものか」

世が変ったのだ、と幽斎は言った。

「よい事を教えてやろう。上総介殿（信長）は、さる事あって内裏に御奏聞《ごそうもん》なさる」

「さる事とは」

「南都東大寺から蘭奢待《らんじゃたい》を引き出す。こたびはそのための上洛であるわ」

正倉院に納められた名香蘭奢待は、天下秘蔵の品である。近くは足利八代将軍義政の時代に一度切られたと聞く。

「東山殿（義政）召し置かれて以来、歴代の将軍数多《あまた》御望みあるといえども、許されなんだ名香切りを、尾張半国よりのし上った上総介殿が朝廷にねだる。そういう世だ」

足利の拝領太刀を磨上げることなど、これに比べれば微々たる事ではないか。

「されば、いずれの長さになされまするか」

奉行は聞いた。思いきって、というからには軽々とした打刀拵にするつもりだろう。

「四寸（約十二センチ）」

幽斎は小声で言った。

「わしは見ての通り常人より腕が長い。四寸程上げるだけで、抜き放ちは自在となる」

太い腕を突き出した。四寸ならそれほど形が損なわれることもない。

「拵は当座の間に合わせで良い。鞘は革着《かわき》せにすき漆《うるし》でもかけておけ。柄は萌黄の片手巻きが扱いやすかろう」

幽斎はわざと粗雑な拵にする事を命じた。

後で刀を扱う者が、拵を外して刃を計った。なるほど四寸磨上げでは「包永」の銘が辛うじて残る。

代々仕えた将軍家に対する思いを捨てる。「四寸」はその覚悟の長さなのであろう。

信長が上洛を開始した三月十三日、磨上げた佩《はば》き裏《うら》に幽斎は文字を刻ませた。

「異名を付けようと思う」

「何と御名付けになりました」

幽斎は刀役に文字を書いて渡した。

「裏には左様切りつけよ」

兵部大輔藤孝磨上之異名号児手柏《このてがしわ》
天正二年三月十三日

「この別名にて刀は初めて我が物となる」

「柏とは、裏白で味噌菓子など包むあの葉でございますか」

「こういう歌がある」

幽斎は目を閉じて、歌を詠んだ。

奈良山の児手柏の両面《ふたおも》に
かにもかくにも佞人《ねじけびと》の友

幽斎の包永は、裏と表の刃文が違うという際立った特徴を持っていた。佩きの表は互《ぐ》の目《め》乱れ、鎬《しのぎ》にかかるばかりの大模様で、あちこちに飛び焼きもあり相州正宗にも似ている。ところが裏は、板目《いため》に流れ柾目《まさめ》肌《はだ》の混った地沸《じにえ》の強い鍛《きたえ》、直刃《すぐは》に小乱れという大和伝そのものである。

「児手柏は、常の柏と違う。餅を包む大きな葉にはあらず、幼き児の手に似た小さな葉である」

幽斎は傍らの万葉集抄を取り出して、付箋を抜いた。

「『此の木、大和国奈良坂にあり。風にひるがえる様、手を打ち返す如く表裏あり』」

「刃文の出来替《できがわ》りを、柏の葉の色違いに見立てましたか」

刀役は幽斎の学才に感心した。

幽斎は、恐らくこの時、意味不明な笑いを口元に浮かべたであろう。彼の脳裏に浮かんだのは元亀三年、奈良で討ち取った悪僧荒三位である。

(南都の大衆《だいしゅ》ながら、仇の松永久秀に付いて我らを襲った。あ奴も表裏ねじけた僧であったな)

仇ながら、今は懐しい。

(振り返って見れば、あの荒三位より今のわしは佞人よ。十五代も続いた恩ある家を裏切った)

四月三日。大急ぎで作った拵を腰に、幽斎は石山本願寺攻めの陣に加わった。織田家の者は誰一人としてその粗末な打刀が手掻包永と思わなかった。

## 四

その後、天下の覇権は転々とした。

幽斎は表向き飄々と世を渡り、六十七歳の時に関ケ原の役を経験する。この時、息子忠興は徳川家康に付いて東《あずま》に下っていた。

幽斎は老体ながら東軍として丹後国田辺城に籠城。一千の兵を指揮し、一万五千の寄手を約二ケ月に渡り翻弄した。

しかも、裏では古今集の解釈秘伝たる『古今伝授』の伝承を種に朝廷へ工作し、城を開いた後も名誉を守り命も全うした。

幽斎が八条宮智仁《ともひと》親王の仲立ちで丹波亀山に移った三日後、関ケ原の野で東軍は勝った。

幽斎は息子忠興と再会した。妻のお玉（ガラシア）を大坂で失った忠興は、謀略のかぎりを尽して生きながらえた父が許せない。

「つつがなき帰陣。武運である」

めでたい、と言葉をかける幽斎に、

「父上も、よくぞ生き延びられた」

忠興は皮肉をこめて答え、終始不快そうであったと記録にある。

（この阿呆に、わしの心はわからぬ）

幽斎は、勇猛だが自分の美意識ばかり優先させる嫡男が、急に疎ましくなった。

直後、こんな事もあった。

大坂に上った幽斎は家康に謁見した後、京に遊び、そこより馬を歩ませてのんびりと木津に出た。川を越えれば南都。その手前が奈良坂である。

昼少し前、急に小腹が空いた。幽斎、健康のため早朝と夕刻に食事をとる生活を続けていたが、この日は遠出の事とてよく胃が動いた。

木津の川辺にある茶店に馬を止め、餅を注文した。茶店の主人は、伴《とも》一人連れた大柄なこの老人が、田辺合戦で名を馳せた細川の老将とは夢にも思わない。奈良詣でにやって来た近江あたりの地侍と値踏みした。

「包み餅しかござらぬが、それでもよろしいか」

小振りな皿に入った汚ならしい餅を、投げるように手渡した。

幽斎は餅を包んだ木の葉を珍らし気につまんだ。

「児手柏の葉か。興あることだ」

「御隠居、阿呆を申さぬことじゃ」

茶店の主人は馬鹿にした顔で言う。

「その葉は、おおどちの木からとった」

「児手柏ではないのか」

幽斎は驚いた。

「皆が申す柏と、このでがしわは別物じゃわい。ほれ、この厠前に生えておろう」

貧弱な木が一本植わっている。葉は細長く棒状でねじれ、ぴんと立っていた。

「まるで檜の葉よな」

「そうよ。ねじれて裏も表もない葉じゃ。川を渡った奈良坂、般若寺《はんにゃじ》のまわりにもぎょうさん茂っておるわ」

茶店の主人は言った。

「昔、そのあたりの人がの。『奈良やまのこのでがしわの両面に、かにもかくにもねじれた奴原《やつばら》』と歌を詠んだげな。御隠居、知らんじゃろう」

下卑の者にしてはなかなかに知識もある。

幽斎は黙って自分の腰に差した「児手柏」を見下した。

急に笑いが腹の内よりこみ上げてきた。

（これはいい）

『古今伝授』まで受け、天下の歌人と人々から崇めたてまつられた細川兵部大輔が、一代の不覚である。

幽斎は餅の皿を手にしたまま高笑いに笑った。その笑い声は長く尾をひいて、いつまでもいつまでも続いた。

慶長十五年（一六一〇）夏、幽斎は病いにかかり床についた。京の隠居所には連日、細川家の重臣や懇意の公卿が訪れた。

「わしも、七十七だ。何があろうとも不思議はない」

幽斎は自分の死を予言し、葬儀の次第まで指示している。

「『長岡屋敷』で茶毘《だび》にふし、骨は南禅寺天授庵と、細川の所領豊前小倉に分けるよう」

長岡屋敷は、南禅寺北門前の吉田にある。ここは幽斎が幼少の頃に遊んだ土地でもあった。

「さて、わしの形見についてだが」

漢籍は宮家に、歌の巻は有職《ゆうそく》を学ぶ公卿烏丸《からすま》家にと細々説明し、最後に、

「『児手柏』は次男にくれてやれ。あれは、わしの心を一番良く知っている」

さびしく微笑んだ。

死は同年八月二十日、未《ひつじ》の下刻《げこく》（午後三時）。

葬儀は洛外野がみ原で、京五山の僧を集め盛大に行なわれた。金箔をおし、紫色の水引きをまわした宝形造《ほうぎようづくり》の火屋《ひや》に火が入ると、居並ぶ人々は幽斎のさわやかな死に様に感動した。

かくして「児手柏」は次男頓五郎興元《とんごろうおきもと》の手に移る。

兄忠興の下で豊前小倉の家老職にあったこの人物は、なるほど幽斎が褒めただけあって何事につけ才能のある男だった。

忠興との仲は、良くない。

「父が本当に家督を継がせたかったのはこの私ではなかったか」

と思い、周囲にもそれを洩らした。これで二人の対立は表面化した。

忠興と興元は兄弟ながら異腹で同じ歳。若い頃は二人揃って戦場を往来し、争いとなると互いに一歩も引かない。

が、今や兄は三十九万九千石の大名である。

「危うい」

興元は関ケ原役の後、密かに小倉を抜け出て、京に身を潜めていた。この間、何度か兄の刺客にも襲われている。

大御所徳川家康は、この事を耳にして心を痛めた。

家康は、幽斎の生き方、韜晦《とうかい》ぶりに憧れさえ抱いている。

「わしが兄弟の仲を取り持とう」

同年末、駿府の城に両名を呼び寄せて仲裁した。

興元は命をながらえることができた。恩を感じた興元は、礼として「児手柏」を家康に献じた。

家康は喜んだ。細川幽斎と彼は同じ塚原卜伝の兵法を学んでいる。ただし、家康の場合直接ではなく、間に兵法指南役松岡兵庫助則方という者を挟んでいた。卜伝は足利将軍家に連なる武将に「王の剣」、弟子の兵法者には下卒《かそつ》の技「必勝剣」を分けて伝えた。

残念ながら家康の刀法は、後者の系譜をひいている。

「ただ貰っては、悪い」

という意識が家康にはあった。

「洛中での暮しぶり、なかなかに大変と聞いた。刀は代価五百貫で駿府に引き取ろうと思うが、いかがかな」

逼塞していた興元にとって、泣きたくなるほどの申し出である。

愛刀家の家康は、この雅びた名を持つ刀を大いに気に入って、私的な場所では必ず掛け置きにした。

「あれが元細川兵部大輔の愛刀よ」

「足利将軍家の太刀が、今は徳川将軍家の刀だ。名誉の佩刀と申すべきか」

「男と生まれたからには、一生に一度はあのような刀を帯びてみたいものだ」

人々は家康の背後にある「児手柏」をまぶしいものでも見るような目で見上げた。

家康の息子、二代将軍秀忠も、この刀が欲しくてたまらなかった。だが、自らの欲を人前に見せぬ大人しい性格であるため何も言わない。

それを良い事に、欲しいと声を大にして言い立てた者がある。常陸水戸二十八万石を賜わったばかりの徳川鶴千代丸（水戸頼房《よりふさ》）。幼少の頃から気が強く、その行く末に不安を感じた家康が、多くの有能な家臣を付家老として送り込んだ、という逸話を持つ少年である。

鶴千代は、初め実母お万の方に泣きつき、これがだめとわかると、養母お勝の方にせがんだ。

お勝は天正十八年家康四十九歳の時、十三歳で枕席《ちんせき》に侍ったという豪の者だが、初めは「お梶」といい、戦場に連れていくと必ず勝つというので名を改めた。家康が終世可愛がった女性である。

それだけに、家康の操縦はうまい。久方振りに寝床をせがみ、床の中で刀を請うた。

「出来ぬ」

家康は苦い顔をした。

「将軍家（秀忠）の申し出が先じゃ」

「将軍家は御自らの御口で申されましたか」

「言わぬが、それが筋じゃ。諦めよ」

お勝は諦めない。家康の丸い肩に手をまわし、唇を寄せた。

「いえ、諦めませぬ」

「聞き分けのない女よ」

「端午《たんご》の節会《せちえ》も近うございます。鶴千代殿に、何とぞ柏餅を下さりませ」

「五百貫もする柏餅が欲しいとは、お前の養い児も大食らいじゃな」

家康は、この女が可愛くてたまらない。

「近頃は、寝所もぶっそうになった。時折り、枕元の刀が消えるという。この『児手柏』も心配じゃ」

困ったような笑い顔を作って、寝返りをうった。

お勝が袖に長いものを抱え、楽し気に廊下を渡っていったのは、半刻後のことである。

翌朝、家康の奥向きは大騒ぎになった。刀掛けに「児手柏」が無い。

切腹覚悟で係の者が申し出ると、

「そうか。仕方無い」

この件、詮索に及ばず、と家康は無表情に言った。

以来、水戸家はこの刀を代々家宝として伝えた。あの水戸光圀《みつくに》も若い頃は「児手柏」を愛玩したらしい。

明治になって刀は東京に出た。

惜しくも大正十二年、関東大震災で焼失し、今は押形が残るのみである。

# 伊達《だて》脛巾《はばき》

一

奥州の雄、伊達政宗の家譜をひもとけば、「常陸介藤時長《ひたちのすけとうのときなが》」という人物にたどりつく。

名が示す通り常陸国(茨城県)伊佐庄《いさのしょう》、隣国の下野国《しもつけ》(栃木県)中村庄を有し、本妻・妾腹の子を合わせて十余人という子沢山であった。娘の一人は源二位頼朝《みなもとのにい》の妾《しょう》として名高い大進局《たいしんのつぼね》。彼女は文治《ぶんじ》二年(一一八六)頼朝の子を生んでいる。

息子のうち四人は、父時長とともに文治五年(一一八九)平泉攻めに従軍。奥州阿津《あつ》賀志山《かしやま》で手柄を立てた。

阿津賀志の古戦場は、現在の福島県国見《くにみ》町である。東北自動車道厚樫山《あつかしやま》の山麓から阿《あ》武隈《ぶくま》川の岸辺まで、蜿蜒《えんえん》三・二キロに及ぶ堀と土塁が残り、往時の合戦の激しさを物語っている。

藤原泰衡《やすひら》は堀の幅を「口五丈《くちごじよう》」すなわち約十五メートルに定め、また出城ともいうべき石那坂《いしなざか》にも、

「湟《ほり》(堀)を掘り、あぶくま川の水を其中に懸け入れ、柵を引き、石弓を張り」

万全の構えを作っていた。守将は義経の郎党として名高い佐藤兄弟の一族、信夫《しのぶ》佐藤庄司《しようじ》を含む十八騎である。

時長(この時は入道し念西《ねんさい》と称していたらしい)は、息子らと伊達郡沢原《さわら》を迂回して守備側の裏をかき、佐藤庄司以下を討ち取って首を阿津賀志山に晒《さら》した。

戦後、頼朝は父子らの武功を賞して戦の地、伊達郡を与えた。それまで荘園の名をとって伊佐・中村と名乗っていた彼らは、一族こぞって奥州に移り、以来伊達の姓を用いたという。

ここにおもしろい話がある。

「伊達」という字は当時「いだて」と読まれていた、というのである。地域によっては「いだつ」と言った。陸奥の方言はシとス、チとツ、ヒとフ、イとエが混用されることが多い。甚《はなは》だしい場合、伊達政宗は、

「えだつまっさむね」

になる。人々が「だて」と短く断ち切るように発音し始めたのも、上方の者と盛んに交流するようになった天正年間以後の事であろうという。

その上方人の代表ともいうべき豊臣秀吉の手紙を政宗が受け取ったのは、天正十七年（一五八九）四月。政宗が宿敵会津の芦名《あしな》義広《よしひろ》攻略を開始した直後の事であった。

「何事の書状ならん」

秀吉はそれより二年前に『関東奥州両国惣無事令《そうぶじれい》』なるものを発布していた。箱根の坂より東の紛争を関白の権限によって停止《ちょうじ》したこの法令は、伊達家にとって我慢ならぬものであった。

「成り上りめが」

政宗は思ったであろう。彼は天正十二年（一五八四）齢十八で家督を相続し、東北各地を転戦。翌年十一月には安達《あだち》郡人取橋《ひととりばし》で強豪佐竹・芦名を中心とする三万余に八千弱の兵で立ち向い、激戦の末に勝利を得ている。

「彼の者、藤原姓を称するも身は甲乙人《こうおつにん》（雑輩）より起り、時流に乗って太政大臣になったと聞く」

政宗は左右の者に言った。秀吉が初め源、藤原の姓を用いていたことはこの奥州にも伝わっている。

「我ら同じ藤姓《とうせい》なれど、初代念西より数えて十七代。曾祖父左京大夫《さきょうのだいぶ》が奥州守護職に補任《ぶにん》されて以来、仙道《せんどう》を制する家柄。なんじょう、これを聞くべきか」

惣無事令の再通達か、と怒りに燃えて文に目を通せば、意外や内容は鷹の無心であった。

政宗は拍子抜けし、傍らに控えた叔父の留守《るす》政景《まさかげ》に書状を手渡した。

政景は政宗の父輝宗《てるむね》の弟である。この時は上野《こうずけ》と称し、宮城郡利府《りふ》城主。沈着冷静、三十八歳の漢盛《おとこざか》りであった。

「これは関白の、我らが出処進退を押し量る手段でござろう」

来たるべき関東攻めに際し、伊達家がいずれに傾くかその下調べの形にて、と推量した。

「それにしても、『鶴取《つるとり》』を欲しがるとはまた物ねだりでござるな」

政景も大の鷹狩好きだった。実はこの『鶴取』、元は政景の所有である。芦名攻めの陣中で彼が自慢し、これを政宗が懇願の末に手に入れた。目赤鶴《めあかづる》を獲るために飼い馴らし、その評判は当時、奥州馬の商人によって都にまで伝えられている。

「いかがなさる」

「呉れてやろう」

政宗は片目を閉じた。

「古来、奥六郡の主は、上衆《かみしゆ》（上方者）に物惜しみせぬことで知られて来た」

「いかにも」

「我が父は、彼の関白が旧主前右府《さきのうふ》信長に鷹を進上し、また二年前関白に馬を贈って一目置かれている。上衆に侮られぬ事こそ肝要」

「御料簡《ごりようけん》かな」

政景は若い当主の度量を誉めた。

政宗は早速、使者の人選にとりかかった。鷹匠の数、十余名。名鷹《めいよう》『鶴取』の他に名のある熊鷹《くまたか》、鷂《はいたか》を取り揃え、これに獲れたばかりの目赤鶴の塩漬けを添えた。

「関白側近への贈品を忘れるでないぞ」

奥州馬も欠かさない。歳若ながらこの男は気がまわる。

気遣いというより策謀であった。使者の指名を己れで行ったのは、間者を混ぜるためである。

鷹匠の内半数は、米沢の山伏である。その頭目は代々良覚院《りようかくいん》を名乗り、伊達家の祖念西入道以来、軍陣の祈禱《きとう》や密偵として働いてきた家柄の者であった。

「上方にては、いかなる事柄も細大もらさず調べあげよ。特に関白が日頃申せし言葉。関東奥州を何と思うておるか。武備、酒、女《おなご》の好み。心にかかるもの全てだ」

政宗は、相手の日常生活や趣味が合戦へ微妙に影響する事を知っている。

「関白は得体の知れぬ織田家の出頭人《しゆつとうにん》。気心計れぬとは不気味な事だ」

「心得ましてございます」

良覚院は矮軀《わいく》を折り曲げて答えた。この忍者は、政宗の父総次郎輝宗が伊達郡の西山城に生まれた時、祖父晴宗の命を受けて隣国相馬領の小高《おだか》に放火し、名をあげたというからこの年七十歳近い老人であった。

もちろん頭目ゆえ、己れでは動かない。配下の南光院《なんこういん》、花京院《かきょういん》、金剛院《こんごういん》などという手練《てだ》れの者を使った。

上方探索団ともいうべき鷹贈りの使節は、敵地を避けて越後をまわり、約ひと月かけて京に到着した。

秀吉は『鶴取』の噂に違わぬ優美な姿に満足、ただちに礼状をしたためた。

目赤鶴取る鷹の儀、聞き召し及ばるるに依り則《すなわ》ち進上《しんじょう》、悦着《えっちゃく》に思召し御自愛此事《ごじあいこのこと》に候。遠い道程《みちのり》に念を入れ、しかも早々と京に着いた。鷹には鶴まで添えてくれるとは喜ばしい。礼として太刀一腰をそちらに御送り申しあげる。猶、使者の富田左近将監《とみたさこんしょうげん》が仔細は申し述べるであろう、という内容であった。

この日付けは六月九日。

ところがその四日前、政宗は会津黒川城主芦名義広と磐梯《ばんだい》山麓摺上原《すりあげはら》で対戦し、芦名勢三千六百余の首をあげて大勝利を収めていたのである。

秀吉の惣無事令に真っ向から刃向う行動、と言うべきであった。

政宗は奥羽六十六郡の中で三十余郡を制する覇王にのし上り、黒川城に入城した。秀吉の使者富田が礼物の太刀を持って白河の関を越えたのは、七月初旬であった。

「富田……左近将監と申されるか」

黒川城中の政宗は妙な顔をした。

「左様、それがし従五位下左近将監でござる」

「さる六月、芦名と合戦の砌《みぎり》」

芦名の武将富田美作守《みまさかのかみ》は主家を裏切り、逃げる芦名勢の退路を断って大被害を与えた。常陸佐竹から婿として強引に入った若年の義広に、芦名の旧臣らは叛意を抱いて政宗の側につき、日橋川《にっぱしがわ》の橋を落したのである。

「主計頭《かずえのかみ》（義広）の手勢、水中に落ちて溺死する者一千五百。この時、主計頭が側近にて富田左近将監、父美作守の裏切りを怒り所従の者三十余人、槍の穂先を揃えて我が本陣に突きかかって来た。希代の勇者にてあったが」

「それは同名の名誉でござる」

自分は近江国の産。若年より織田右府に仕えた者と説明し、秀吉の太刀を三方に乗せて進めた。

「世に申す『鎺国行《はばきくにゆき》』にござる」

近江の富田は秀吉の礼状にある通り、太刀の由来を述べた。

「これは殿下様一段と御秘蔵の太刀。御当家にても御秘蔵下されたく存じ候」

記録には「殿下様」とあるが、富田左近将監はこの時「天下様」と言ったようである。

（押しつけがましいことだ）

呉れてやるものを秘蔵せよと命じ、己れを天下などと呼ばせる。政宗は鬱陶《うっとう》しい気分になった。

「天下隠れも無き名刀に候」

「異名であるな」

「さて、その名のもとと申すは」

過日、刀拭《ぬぐ》いの家本阿弥に拵を改めさせたところ、本阿弥家では鎺を外して別のものに取り代えた。

「鎺は鉄《あかがね》にして少しく錆が浮き、刃区《はまち》を傷める恐れありとて銀台《ぎんだい》に代えてござる」

本阿弥家では汚ならしい鎺をそのままに捨ておいた。ところが、これが大騒ぎの元になった。

「その鎺こそ何あろう、国行鍛刀の折り、同じ鍛冶場にて作りし伴鎺《ともはばき》でござった」

古く刀工は刀を打つ時に、鎺も一緒に作って添える習わしになっていた。刀と同じ材質の鎺は長持ちせず、多くは失なわれていく。国行は京の来《らい》一門の祖で、鎌倉中期から元寇《げんこう》の頃にかけて作刀した名工である。その鎺といえば刀と兄弟に等しく、まったくの貴重品であった。

「本阿弥家は鎺の置き場所を失念。一門あげて探しまわり、改めてこれを進めてござる。運良く見つけられたから良いようなものの、古鉄《ふるがね》となって火床《ほど》に入れば天下の損失。よって本阿弥家一札《いっさつ》取り候て進め入れたと申す」

鎺ひとつで名高い本阿弥家が始末書を提出し、恥をかいた。

「それはおもしろい」

政宗は三方に置かれた黒革包紫《くろかわづつみ》の糸巻《いとまき》太刀拵を抜き取った。腰反り高く、重ね厚く、中鋒猪首《いくび》。いわゆる踏張りのついた姿である。

「なんだ、その鎺ではないな」

桐紋の入った金無垢《むく》太刀鎺が付いていた。

「磨上げにござれば取り外し、別の小袋に収めてござる」

「姿が美しい。気に入ったぞ。しかし、不思議と今年は名刀に縁がある」

前の月十一日、政宗は黒川城中において芦名重代の太刀、備前長船兼光刃渡り二尺四寸五分を捕獲している。

「芦名十六代盛氏《もりうじ》の佩刀《はかせ》としてこれも世に知られているものよ」

「その太刀はいかがなされてござるか」

富田は尋ねた。政宗は事も無げに、

「家臣に与えた」

「御広量《ごこうりょう》にござる。してどなたに」

伊達家重代の家来遠藤氏の子に呉れてやったという。

「文七郎と申してな。当年十八よ。摺上原の戦場にて目の醒めるような若武者振りを見せた」

文七郎宗信《むねのぶ》は、伊達の宿老《しゅくろう》遠藤山城守基信《もとのぶ》の子である。四年前に政宗の父輝宗が謀殺された際、基信は殉死し宗信は政宗の近習となった。

「まったく惚れ惚れする働き振りであった」

と目を細める政宗を見上げて富田は、

(なるほど、この田舎者にも念者《ねんじゃ》がおるか)

富田も若い頃は男色の盛んな織田家にいたから、その手の勘は働く。

(軍功と申しても、一手の将にもならぬ小僧に芦名の名刀を与えるとはよほどの惚れ込み様《よう》じゃな)

これは富田にとって収穫だった。

二

富田左近将監は俗に一白《いっぱく》、平右衛門《へいえもん》尉《のじょう》の名で史書に登場する。

温厚で多趣味な人物であった。堺の商人津田宗及《つだそうきゅう》と茶の湯の付き合いがあり、有名な『天王寺茶会記』にも名が見える。

織田家臣団から秀吉側近に鞍がえした武将の中で、この男などは成功した部類に入る。天正十二年の小牧・長久手では秀吉の本陣近くを守り、翌年は秀吉の関白就任とともに従五位下。一万百石を得て、関東奥州の惣無事令執行の奉行に出世した。天正十五年以後は東国に何度も下向し、徳川・伊達と豊臣をつなぐ役も引き受けている。言わば高級諜報官であった。

富田は伊達家の状況を探るため、しばし会津黒川に滞在した。

「この地には、不思議なる話が多うござっての」

使者の饗応役に付けられた栄進《えいしん》なる者がある晩、酒席のつれづれに言った。この男は良覚院の養子である。

「芦名中興の祖と呼ばれし盛氏殿には、特に多うござる」

盛氏とは名刀芦名兼光の所有者で、老いて後は止々斎《ししさい》と呼ばれた人物である。

「止々入道殿は慈悲深き方にて、さる晩の事、庭にて控えし雪かき小者の寒さに打ち震えるを御覧《ごろう》じられ、尾張渡りの木綿小袖を投げ与えられてござる。また、会津・安達・安積《あさか》・岩瀬・田村・白河の六郡に二度の造酒禁令を御命じになられてござる」

「さて、それは慈悲であろうか」

富田は首を傾げた。

「奥州は肌寒きところ。酒なくば人は冬場いかがいたす」

「酒も過ぎては毒にござる」

特にこの土地の者は寒さ避《よ》けと称して飲み乱れる事が多い。盛氏の子盛興《もりおき》も酒に溺れ、二十六歳の若さで頓死した。

「止々斎殿はこれを深く悲しみたまい、領内に同じ思いに泣く親減らすべし、とてかようにいたしてござる」

栄進の言葉に虚飾のあることを富田は知っている。盛氏時代、芦名氏は最大の所領を獲得したが、そのため戦費の不足に悩み、段銭《たんせん》・棟別銭《むねべちせん》などの別税をきびしく取り立てた。酒税も例外ではない。濁り酒税・清酒《すみざけ》税はおろか麴《こうじ》にも重税をかけている。会津人は盛氏を嫌い、特に彼の威を借りて奢侈《しゃし》にふける重臣佐瀬《させ》大和守を憎んだ。大和守の趣味は都風の庭園造りであった。庭石集めが目にあまるとて黒川城下にある日、落書きが出た。

天寧寺《ていねいじ》河原の小石は大和殿、町の小役（税）は或人《ある》が取る

或人とは盛氏のことだ。この話は上方にまで伝わり、富田も耳にしている。

「その止々斎殿が向羽黒《むかいはぐろ》の隠居城にござった頃のことにござる」

栄進は盃を傾けた。

「佐瀬大和、伺候いたしてつれづれなるままに物語などいたしおるところ……」

話は自然、庭石のことになった。土地の者が近くの観音山に形の良い石をひとつ見つけ出したという。このあたりは黒川の西に当り銘石の産地である。

「根小屋の人夫を集めて引き降しに参ろう」

二人は城下の人数を率いて山に入ろうとした。すると土地の古老が引き止めて、

「あの場所は昔、都の貴人が隠れ住みしところにて、今はその霊が妖怪になり人獲りいたします」

佐瀬は恐れ、山の入口で馬を止めた。しかし止々斎は老人ながら豪胆。

「ではその妖怪とやらに面談いたそう」

従者一人を連れ、山中に分け入った。獣道をしばらく歩いていくと池が見えた。水の中に島があり、廃屋がある。

「あれがそうだな」

なるほど形の良い石が崩れかけた建物の前に立っていた。夜更けまで池の縁に腰を降していると、何処からともなく鐘の音が聞こえてくる。さて、このあたりに山寺など無いはずだが、と耳を澄ました。と、池にさざ波が立ち、中の島が鳴動した。

止々斎が睨みつけると、島にあった石が赤く輝き、宙を飛んでこちらにやって来るではないか。

「これが噂の物化《もののけ》か」

光の中に老婆の顔があり、にたりにたりと笑っている。止々斎は立ち上って太刀を抜き、飛び込んで来る石を斬った。

ぎゃっ、という悲鳴とともに天地が逆転し、あたりの輝きは失せた。

従者が松明《たいまつ》を点じて地面を照せば、そこには全身の毛が抜け落ちた人程もある大狸が死んでいる。止々斎は狸の死骸を城下に晒し、人々は老人の胆太さに舌を巻いた。

「この狸斬りこそ正宗十哲《じってつ》が内の一人、名工長船兼光。芦名三代光盛公より伝えられた太刀でござる」

富田は黙って聞いていた。しかし、腹の中では、

(『宇治拾遺《うじしゅうい》』にある水無瀬《みなせ》の怪と同じではないか)

笑った。後鳥羽院の頃、水無瀬の離宮に夜な夜な出没する大むささびを源景賢《かげかた》が斬った。その話に酷似している。

(おおかた旅の修験者が都から伝えた化物話を、焼き直したものであろう)

「その後、止々斎殿……」

栄進は続けた。

「嗣子盛興殿が早世にて、向羽黒の城を去り再びこの黒川に入ってござる。城下人の申す様、盛興殿の死は酒毒ならずして古狸の祟《たた》り、ゆえに……」

栄進は声をひそめた。

「我が主人、芦名兼光を獲るもこれ身近に置くは宜しからず、と遠藤文七郎に下げ渡したりと申す」

「左京大夫（政宗）殿が、古狸の霊を怖《おじ》る御方とも思えぬ」

富田はほたほたと膝を打った。

「しかも、御好みの御若衆に縁起悪しき太刀を賜わるなど」

「遠藤が家の出自は、米沢山伏の家にていわば我らと同党にござる。されば」

主君の厄を引き受けて祓うために太刀を受けたのだ、と栄進は説明した。

（伊達家には修験者あがりの者が多いのう）

富田は改めてこの家の人脈の不気味さを思った。後で調べてみると遠藤文七郎の父基信は、月山《がっさん》の行者金伝坊《きんでんぼう》の子と言う。武士の端に辛うじて連なる身分の出であった。

そういえば、政宗の乳母は米沢八幡の神官が娘。その義弟が高名な片倉小十郎である。

そうこうするうちに、加賀の前田利家から立て続けに、二通の文が政宗へ送られて来た。

そのいずれも、政宗は城中に富田を招き、立ち会いのもとに封を切った。伊達家と前田家の仲を関白が邪推せぬための配慮である。

(この男、若いながら心くばりのきくことよ)

富田は感心した。

初めの文は秀吉が『鶴取』に満足している様子を伝え、

『関白に申し上げたき儀あれば、自分が承って申し上げよう。いささかも遠慮いらぬことである』

とあった。末尾の日付けは七月四日。

(『鶴取』上洛の折り、伊達は前田に馬を贈った。これは礼状も兼ねておるのだな)

政宗の贈物は効果的であったようだ。

が、次の書状は良くない。七月十四日付で、会津表の合戦が先刻、関白の耳にも達した、とある。

『遠国《おんごく》に付きて、私《わたくし》の宿意《すくい》をもって鬱憤《うっぷん》を止めざるの事、御不審に思し召さるるの旨、仰せ出され候条』

個人の遺恨をもって芦名を攻めた事を秀吉は怒っている。前田家は様々に取り成しているが、申し開きのため御自身上洛なさるが宜しかろう、という内容であった。

「左近将監殿には御下向の途中、芦名攻めの申し開き、関白様に御伝え下さるよう書状を参らせたはず」

政宗は富田を睨んだ。

「たしかにいただいてござる。旅の途上なれど、ただちに京へ飛札《ひさつ》を送り申した。左近少将（前田利家）殿の日付けから思うに、こちらの文より先に、関白殿下へ伝えた者があるのでは……」

（隣国の上杉であろうか）

と富田は思った。芦名義広は実家の佐竹を頼って常陸国へ逃れたが、芦名の敗兵は一部が鳥井峠を越えて越後に走った。彼らが様々な事を上杉景勝に訴えたであろうことは、容易に想像できる。

「ともかく関白殿下に、御取り成しを御願い申しあげる」

政宗は懇請した。富田は斡旋を約束し、ただちに帰り仕度を始めた。

帰り道も仙道《せんどう》を行くものと思ったが、伊達家より指示された経路は、越後蒲原《かんばら》から海路福井に向う船の旅である。

不審に思い密かに忍びを放ってみると、関東の使節が白河の関を越えた、という。

「武州八王子城主北条陸奥守が使者でございました」

富田が、小牧・長久手の戦以来召使っている伊賀者は優秀である。たちまち素性からその目的まで調べ上げて報告した。

「陸奥守氏照。北条の内でも一《いっ》に関白嫌いの者ではないか」

北条一門中、当主の次に高い地位を占めている男だ。秀吉の惣無事令に猛反対し、二年前から武蔵・相模の諸城を、これ見よがしに改築している。

「左京大夫め、我らと二股をかけるか」

「左様にござりましょう」

伊賀者は使者が携行する贈物の名を言った。

「備前物の太刀にございました。伊達は刀好き。北条も心をくだいてございます」

「太刀か」

「生《う》ぶの備前物。武州のさる神社に伝来いたせし品とか」

「銘はわかったか」

長船景光《かげみつ》、二尺六寸一分（約七十八センチ）。応長《おうちょう》元年六月日《じつ》の年紀が入っている。

「ならば心配は無かろう」

刀の位としては「鎺国行」の方が数段上である。贈物合戦においてすでに富田は勝っている。

政宗は富田が帰国すると、再び合戦を開始した。

「急げ、急げ」

四方へ出陣する将兵に政宗は声を荒らげた。関白秀吉が、関東攻めを開始する前に自領を拡大し、南に向いた口を確保しておく必要があった。

政宗は、芦名の残党を次々に屠《ほふ》って会津・大沼・河沼・耶麻《やま》の四郡を手中に収め、須賀川《すかがわ》城の二階堂盛義《もりよし》を討ち、白河・岩城《いわき》・石川を屈服させた。

秀吉配下の諸将で伊達と懇意の浅野弾正・前田利家、そして富田左近将監は、これを憂いた。たびたび上洛をうながす連署状を送ったが、政宗は合戦を止めようとしない。

「上衆にて我らに意を通じている将には、進物を贈って刻を稼げ」

文が届くたびに奥州名物の駿馬が、続々と京へ送り出されて行く。

むろん、その手綱を取る者らは、良覚院の配下であった。

三

ついに関白と北条手切れ、という報告が入った日。政宗は雪の枯野で鷹狩を楽しみつつ野外の軍議を続けていた。伊南郷《いなごう》に潜んで抵抗を続ける土豪らを討ち滅ぼすべく、奥会津に兵を進める企みであった。

そこへ、

「前田少将殿より火急の書状」

またしても利家の書状である。このたびは内容も切羽詰っていた。

戦機はすでに熟し、三河守（徳川家康）は東海道を東に向った。自分も三日後に出陣する。左京大夫殿も急ぎ軍勢を揃え、下野まで御出ましなされよ、とある。

「読みを誤ったか」

政宗は唇を噛んだ。秀吉の関東攻めは向う二年間は無いものと踏んでいた。それまでに陸奥の江刺《えさし》以北、常陸の佐竹を討ち平らげて秀吉と対等の体制を固める、というのが構想であった。これが、

「間に合わなかった」

のである。二十日程経って、政宗の腹心片倉小十郎と原田左馬助にも出陣を勧める私信が、秀吉側近から届けられた。また同じ日、秀吉の奉行職木村弥一右衛門、浅野弾正が再度の軍勢進発を政宗にうながして来た。

秀吉方の手紙攻勢である。これでも政宗は動かない。

彼は何かを待ち続けた。重臣が煮えきらぬ態度に不平を唱えると、

「余の片方の目が、未だ使いをよこさぬ」

と言うばかりである。

片方の目、とは政宗が上方に放った良覚院配下のことだろう。

密偵が山野を駆け、敵地を潜って黒川に到着した時は弥生も月末。城中では更衣《ころもがえ》の用意が始っていた。

「関白はさる三月朔日《ついたち》、関東に下向いたし候。その体《てい》、前代未聞」

北条の忍びに襲われて息も絶え絶えの山伏は、庭先に伏して報告した。

「関白、歯を黒々と染め一尺余の作り髭なされ、錦の直垂《ひたたれ》、黄金造《こがねづく》りの太刀、金小札《きんこざね》の具足。公卿衆の装いでござる」

「出身はいかにあれ、帝より関白の位を賜わった者だ。華冑《かちゅう》のこしらえは成すであろう」

政宗は無理に笑い飛ばそうとした。だがそれに続く言葉に押し黙った。

「軍勢、上方十数ケ国をこぞって二十余万」

京より東に向う兵の列は数日間途切れる事が無く、後陽成帝も御所四足門《よつあしもん》前に席を設けて御見物遊ばした。

「さる程に、京の町衆、これを見んものと洛中三条大路より粟田口《あわたぐち》、山科《やましな》、日《ひ》の岡《おか》、大津八町に至るまで見物の桟敷《さじき》を打ち賑々《にぎにぎ》しき有様。雲霞《うんか》のごとき、とはあれでござる」

脇で聞いていた伊達の若侍どもは、山伏を嘲笑って、

「西国に、さほどの軍兵が有ろうはずもない。烏滸《おこ》を申すわ」

「黙れ」

政宗は周囲を叱りつけた。

「余の片方の目が見た事である。真実《まこと》に相違ない。口を挟むことは許さぬ」

政宗は山伏の傷の手当てを小姓に命じ、自らは良覚院のもとへ馬を飛ばした。

旧領米沢に入った時は深夜である。しかし、良覚院の山門には篝火《かがりび》が焚かれ、老山伏は法衣に身を固めて主人を待っていた。

「檜原から東大嶺《ひがしのおおみね》を越えてございましたか。無理をなされる殿じゃ」

良覚院は息子栄進に命じて、湯漬けを進めた。

「御坊、余はきめた。関白に従って小田原に参陣する」

「良いお考えでございますな」

良覚院は若い当主の決意を愛でた。

「我らの都に送りし鷹飼いが探索には、関白殿、北条相模守を滅ぼした後は余勢をかって会津に乱入いたすべし、と身内に広言してございますそうな」

「陸奥守護職の名を守らんとして、二十余万騎に踏み殺される愚だけは避けたい。されど」

「されど……」

「我が心にひとつ影がさしておる」

「弟君がことでございますな」

良覚院は目をしょぼつかせた。政宗長年の悩みは、弟小次郎を擁立せんとする家臣団の暗躍である。その中心人物は、保春院《ほしゅんいん》。政宗の生母であった。

「我ら奥州出陣の後、留守を狙うて母者が弟を嫡立《ちゃくりつ》いたせば何としよう」

「恐れながら保春院様は、御実家最上《もがみ》家をいたく頼られてございます」

しかも物腰の柔らかな小次郎を溺愛している。

良覚院は猫背をさらに丸め、掌の中の数珠をまさぐった。しばしそのまま無言でいたが、

「こたびの小田原陣、後顧の憂いを断ってこそ上首尾と申すもの」

歯の無い口を開けた。

「母者と小次郎を幽閉するか」

「『黒脛巾《くろはばき》』を用いるが宜しゅうございましょう」

良覚院はそれだけ言って後は俯《うつむ》いた。

伊達家には奥州守護職の代より続く山伏諜者の他、政宗の代に創設された間諜団がある。

信夫郡鳥谷野《とりやの》城主安部対馬守に命じて、

「偸《ちゅう》(窃盗) に慣れたる者五十人を選び、扶持《ふち》を与え」

各所の合戦に投入したと『伊達秘鑑《だてひかん》』にある。敷地を攪乱し、時には味方さえ容赦なく殺害する狂暴な乱波《らっぱ》どもで、この点は良覚院ら情報専門の山伏と一線を画している。

（使わざるを得ぬか）

政宗は翌朝、米沢北東の屋代荘《やしろのしょう》に馬を向けた。そこに伊達十三代尚宗《なおむね》以来続く家臣の住居がある。

土地の人間は屋代政所と呼び、普段は恐れて近付く者もない。土豪の屋敷にしては身分不相応なまでに大きい藁葺きの門を潜ると、大柄な男どもが政宗の前に平伏した。皆、黒革の脚絆《きゃはん》を巻き、反《そ》りの無い打刀を帯びている。

これが「黒脛巾」組である。山野を跋扈《ばっこ》して凶悪をなす態という。揃いの装束で行動し人心を脅やかすところは、たしかに忍びとは言えぬ。

「源三郎、手を借りたい」

「心得ましてござる」

ひときわ大柄な男が片膝をついた。

異相である。病弱とも思えるばかりに肌が白く、眼窩《がんか》は落ち窪み、唇が女のように赤い。顎は長々とのびて、顔を上げたところは末成《うらな》りの夕顔に似ている。

「配下とともに黒川へ下り、別命を待て」

政宗は怪人に命じると急いで馬首を返し、会津に戻った。

戻るなり片倉小十郎を召して、秀吉の機嫌を損じぬよう家臣二人の先発を定めた。

「出陣は四月六日とする」

「御人数は幾たりでござる」

「いまさら人を揃えても詮ない事だ。徒歩小者合わせて二百もあれば良い」

政宗は、槍の数はこれこれ、鉄砲は何挺と細かいところまで指示した。

「関白の軍勢二十万。多寡を申すは愚か。これぞと目立つ蛮勇の者を集めよ。小者の面などは醜男《しこお》なるが良し」

髭面、蝦夷顔《えみしがお》の雑人を選び、装束も変ったものにせよと言う。

「関白は派手好みにて、異形を良しとする。好まれることこそ、我らの生き残る道よ」

黒川城中は上を下への大騒ぎである。そして出陣前夜、有名な政宗暗殺未遂の事件が起きる。

政宗は保春院から饗応の招きを受けた。母の「毒見無用」という言葉にもかかわらず毒味役《おにやく》が小皿を手に食物を取り、ひと口食べた。

「結構至極」

政宗も箸をつけた。途端、毒味役が、
目眩《めくるめ》き、血を吐きて気息絶入《きそくぜつにゅう》す（『貞山公治家記録』）

という騒ぎである。この毒味役も黒腔巾あがりの家人であった。政宗は母の屋敷を離れ黒川城に帰って、侍医からの「揆毒丸《きどくがん》」を服用した。

「左京大夫様、毒消しを御飲み遊ばす」

噂は家中を揺がせた。政宗は体調不良と称し、黒川城の寝所に伏せて一昼夜そのままの姿で過した。

次の晩、政宗は屋代源三郎を呼んだ。

「心にかかる事がある。聞いてくれ」

「御申しつけ下され」

源三郎は次の言葉を待った。

「昨年の暮、備前景秀《かげひで》が手に入った」

床の太刀掛けから荒々しい拵の一腰を取り、見よ、と政宗は手渡す。

すらり抜き放てば刃長二尺四寸ばかり。焼刃は華やかな丁字《ちょうじ》乱れである。

「『石川景秀』でござるな」

屋代もこれは知っている。源義家の代官として仙道七郡を領した石川冠者《かじゃ》の家に伝わる、奥州に隠れもない太刀であった。

「先年、我が手に属した石川郡の修理《しゅり》大夫《だいぶ》昭光《あきみつ》が、よこしたものだ」

「修理殿の御献上品」

「未だ数度しか鞘を払っておらぬ。小田原の陣にはこれを佩いて参ろうと思う。しかし試しが済んでおらぬ」

「それがし、つかまつれば宜しゅうござるな」

政宗は黙ってうなずいた。

源三郎に太刀を預けたまま、政宗は本丸を出た。行く先は城中二ノ丸の弟屋敷である。

「小次郎はおるか」

門前で呼ばわると、すでに事を察して、家臣らが二人を客ノ間に案内した。政宗は薄《うす》縁《べり》に座らず、庭に向けて床几を据えた。

「さて御屋形様には、今宵いかなる御用にて候や」

小次郎の守り役、小原縫殿助《おばらぬいどのすけ》と粟野《あわの》平八郎が庭先に出て平伏した。

「このたびの出陣、予断を許さぬ。よって兄弟の別れをいたさんと思う。小次郎には我が扇を参らすべし」

「果報にてござる」

二人は一旦退出し、小原一人が小次郎を伴い戻って来た。

十七歳の弟は死を覚悟して涼やかな衣装をまとっていた。政宗は無言で三方に乗せた扇を進めた。小次郎が庭先から兄の膝元ににじり寄ると、

「御免」

一声、屋代源三郎が縁から飛び降りて斬った。

小次郎が倒れると、政宗は源三郎の手から景秀を受け取り、自分で止めを刺した。

「斬れ味、抜群にござる」

源三郎が無表情に告げた。政宗の手から太刀を引き取り、袖口で血を拭った。事は流れるように進み、そして終った。

源三郎配下の黒脛巾は、逃げる小原を遠侍《とおざむらい》ノ間で討ち取った。粟野だけがうまく追手を振り切り、越後上杉領に逃れたという。

保春院は、山形の実家最上へ走り、政宗は良覚院の言う「後顧の憂い」を断ったのである。

政宗が弟を手にかけた時、大いに涙したと世の読み物は書く。しかし、信頼できる史書のいずれにもその記述は無い。

ただ政宗は、弟を殺した八日後に出陣し、数日後に黒川城へ引き返している。一説には北条方の謀略があったと言い、一説には政宗の冷酷さに配下の一部が反乱を起したとも言う。

恐らく、後者の説が正しいのではないか。

四

政宗は改めて五月九日、黒川を出た。米沢に出て、小国《おぐに》から越後経由で関東に向ったためひどい遠まわりになった。

小田原参着は六月五日。

秀吉勢はそれより二ケ月前、小田原の包囲を完了し、城の大土居《おおどい》近くまで付け城を進めている。

「いまさら、どの面さげて参ったか」

全くの遅参である。政宗一行は箱根底倉《そこくら》の湯治場に幽閉された。陣中の者らは政宗らの処分に注目した。

「関白殿下は御不興」

数日内に断罪であろう、と足軽・陣夫の端々に至るまでそう予想した。

「さあ、ここから猿楽《さるがく》」

政宗は主従揃って装束を替えた。

「関白は、かぶいたる者を好みなさる。者どもつとめて異形にて過せ」

自身は白麻の小袖に白麻の袖無し羽織。家臣らも白麻の直垂を着た。浄衣《じょうえ》と言う一種の死装束である。御丁寧にも、死者がそうするように髷《まげ》まで切り、肩先で打ち揃えた。

「奥州勢は死人の姿になった」

下らぬことをすると笑う者もあり、死ぬ覚悟かと感動する者もいた。秀吉も初めは前者である。

「見えすいたてごう（いたずら）をいたすわ」

鼻先で笑った。

「田舎者の芝居じゃ。姿ばかり変えても心の内は何とも知れぬ」

底倉に譴責使《けんせきし》を送れ、と命じた。この役目のため前田利家と浅野弾正が小田原に戻された。二人は武州鉢形《はちがた》城攻めの陣中にあったが鎌倉道を下り、六月七日に箱根へ到着した。

秀吉は二人が、政宗の贈品攻撃で半ば籠絡されていることを見抜いている。腹心の侍医で外交の達人、施薬院全宗《やくいんぜんそう》を使いに加えて政宗に対峙《たいじ》させた。

詰責《きっせき》の大意は、小田原陣遅参の理由《わけ》。そして惣無事令に背いた会津攻めの非違《ひい》である。

政宗はこの日に備えて、充分に返答の訓練を積んでいる。いちいち事例をあげて細かに説明し少しも臆することが無かった。

最後に、ここ底倉で不足の物は無いか、と前田利家が尋ねた。政宗は答えて、

「戦《いくさ》備えにてあれば、不足を不足と申すは武門にあらず。されど、ひとつ」

「何が御所望か」

「殿下には、かねて諸国に名をうたわれた茶の湯名人利休居士《りきゆうこじ》、御伴にて下られたと聞き及び申す」

「いかにも」

「政宗、奥の僻陬《へきすう》に暮す者にてござるが、彼の居士の点前《てまえ》、一度この目にしとうござった。加賀の少将殿（利家）御取持《おとりもち》（周旋）を以て参会し給うように、ぜひぜひ御願い申し上げる」

前田利家は、浅野弾正と顔を見合わせた。

この話は施薬院全宗の口から、秀吉のもとに達した。

「田舎者め、茶と申したか」

秀吉はむっつりと押し黙って渋面を作った。もとから皺だらけの顔である。頬と額の皺が増えて、干し柿のような表情になった。

「茶の指南、となあ」

全宗の見ている前で秀吉の肩先がぶるぶると震え、激しく上下した。

「小伜め、申したわ」

秀吉は袖口をひらつかせて笑い出した。

「奇特《きとく》、奇特《きとく》。大した胆を持つわい。己れの進退危きに、利休が点前を見たいとは風流の最たるもの。よい役者振りじゃ」

感じ入った秀吉は二日後、政宗を陣中に招けと命じた。

「二日後」

政宗は全宗の使者が着く前に、秀吉の言葉を聞いている。包囲の陣中に潜む黒脛巾の者どもが、箱根の岩場から見張りの目をかすめて走り入り、外界の様子を逐一伝えていた。

「猿楽も、これが仕上げだ。者ども心してかかれ」

双方の芝居合戦が佳境に入ったことを政宗は知っている。

天正十八年（一五九〇）六月九日。伊達主従は打ち揃って小田原に入った。

秀吉の陣屋に上る直前、片倉小十郎が政宗の袂《たもと》に小刀を差し入れた。

「小十郎、これは何か」

「陣中にて押し包んで討ち取られるやも知れませぬ。その折り、むざむざ首を獲られては奥州探題の御名にもかかわります。かなわぬまでも関白に刃をかざし、刺し違える心があってこそと」

「いつもながら気のきくことだ」

政宗は懐浅くこれを収めた。

小田原を囲む諸将の陣は、道が整備され板葺きの根小屋が左右に建ち並んで、巨大な町になっていた。伊豆・駿河の遊び女が寄手の軍兵目当てに流れ込み、早川沿いの斜面には遊女屋まで出来ている。

伊達主従が道を進むと、見物人が山を成し、

「あれ、蝦夷よ」

「東北の鬼どもよ」

　おめきはしゃいだ。政宗は、してやったりと北叟笑《ほくそえ》んだ。この日の扮装も彼が熟慮の末に選んだものであった。

　上士格数十騎は政宗と同じ紋の入った浄衣だが、徒歩の者は風体異様の一言に尽きる。組頭格は能に用いる厚板《あついた》、文《あや》、唐縞《からしま》の直垂。配下百余人は茜染《あかねぞめ》の布子《ぬのこ》に紺の四幅袴《よのばかま》。両膝と脛《すね》は剝き出しである。髷は、といえば政宗も足軽も揃いの「おっぽろ」、つまり乱れ髪。僅かに残る後ろ髪のみ水引《みずひき》で束ね、これを政宗は「鬼頭《おにしつぶり》」と名付けていた。

　まさに北方の鬼人がやって来る形である。

(皆、見ろ見ろ。我らは御伽草紙《おとぎぞうし》の変化《へんげ》じゃぞい)

　政宗はおどけている。笠懸山《かさかけやま》山腹の門前に至って彼は初めて声を発し、

「供衆の徒歩ども。十徳《じっとく》を羽織れ」

　この十徳は、浅野弾正・施薬院全宗が政宗の異形を心配し、礼を失さぬようにと与えてくれたものである。

(有難迷惑な)

　政宗は思ったが、取り次ぎ役の親切も無視できなかった。

　かくて、秀吉への謁見。このあたりは戦国の史料に嫌という程出てくる。

前田家の人、関屋《せきや》政春《まさはる》の聞き書きに、

「頓《やが》て政宗は秀吉公と対面に及ぶ。政宗はこの時の首尾によっては、秀吉公を一刺《つ》きにせんと懐に小脇差を入れて参上」

陣屋に居並ぶ諸将は何事が起きるか、と固唾を飲んで見守っていた。門前で馬を止めた一同、全宗の案内で板敷に上り、供衆は白洲に並んだ。「然る所に」と関屋は書く。

「秀吉公は御床机に腰を掛けながら『こなたへ、こなたへ、近う寄れ』と申される。政宗『あっ』と声をあげ、脇差を懐から抜き取り、諸将の中に知人がいるのを幸い、数間も放り投げて膝をにじり寄せた」

名高い政宗恭順の一幕である。

秀吉は手にした杖でなおも政宗を差し招いた。

「ここへ、ここへ」

床机前の床を叩く。政宗は神妙に膝行《しっこう》した。ついに、秀吉の膝頭が見える位置まで近付いた。秀吉は華麗な小具足姿である。金唐革《きんからかわ》の脛巾が政宗の眼前に突き立っている。

「さてそなたは可愛《うい》奴《やつ》なり。若き者なるが良き時分に来りたり」

名台詞を吐いて秀吉、杖の先で政宗の首を軽く叩いた。

「今少し遅く来りなば、ここが危なかったぞよ」

からからと笑った。政宗は、

「首に熱湯を懸くる様なり」（『関屋政春覚書』）

おろおろしたという。

これが伊達家の資料では、若干異なっている。政宗が晩年、御気に入りの小姓木村宇右衛門《うえもん》に語り聞かせた『覚書』（現在は仙台市博物館寄贈品）には、秀吉開口一番、

「御手前のことは、内々、京方にも其の聞こえ隠れなく候所に、早々《はやばや》ここまでの御出《おい》で、喜び入り候」

二ケ月の遅参に早々もない。秀吉は諸将の前で、嫌味を言ったらしい。

「我らも（関白の御活躍は）存じてござる」

政宗はあくまで風下に立つ姿勢を示した。

「信長公の御代官として方々《ほうぼう》、御心尽し、なかんずく安芸の毛利家に手間御取り候おりふし、信長公、明智がために討たれ給いしを……」

逆賊を見事に討ち取り、小田原にまでの御発向。

「もはや四海の浪風鎮まり、めでたき御武運にてましますす」

室町式の祝い言葉で応じた。まさしくこれは能舞台の掛け合いである。丁々発止の受け答えが小半刻も続き、根負けした秀吉は手を叩いた。

「されば秀吉に背く奥州の輩《ともがら》、汝が良き様に計らい給うべし」

お前は、わしの代官であると関白は宣言したのであった。

「ありがたき仕合わせ」

あとは「御振舞い出る」、盃がまわり饗応の席に移った。

五

膳は高盛《たかも》りであった。奥州の武者たちには見たこともない山海の珍味が、膳部の縁からはみ出さんばかりに並べられ、いささか下品な形である。

「さあ、さあ、方々。取り召せ」

秀吉は上機嫌で箸を取ったという。

政宗、片倉小十郎、高野壱岐《いき》、白石駿河、片倉小十郎の伯父以休斎《いきゅうさい》は、膳を前に当惑した。

「なんじゃ、毒は入っておらぬぞ」

秀吉は苦笑いした。政宗毒殺未遂の話は小田原にも伝わっているらしい。

「かたじけなき仰せに候えども、何をどうしたら礼儀にかないますものやら」

政宗の知る室町礼法にも、こんな膳部の並べ方は無い。

「食の礼儀など無用」

秀吉は高笑いした。

「これが上方模様の今様膳《いまようぜん》じゃ。遠慮無う腹一杯食らうが礼儀といえば礼儀」

それが煮こごり、この皿が芋と干魚の味付け、とひとつひとつつまんで説明した。

「我ら奥州にも上方の牢人多く参り、城の台所を賄う者もござれども、かような品は咄《はなし》にてはあり。見申すことは初めてにござる」

政宗は正直に言った。

「陣中の御食事は常に今様膳にござろうや」

片倉小十郎が問う。秀吉は首を振り、

「陣屋にて高盛りの料理などは定めて奢《おご》りもの。方々は、食に奢る上方侍め、日々の楽しみにおぼれて天下も久しかるまじき、と思われたであろう。しかしこれ初対面の膳。晴れの膳じゃ。左京大夫殿」

やがて御所望の、上方流行りの茶の湯にあわせ申すべし、と秀吉は小気味良げに箸をあげた。

一刻後、膳が下げられ、薄茶が出た。茶を運ぶ小姓衆はやけに馴れ馴れしい者どもで、

「左京大夫様、珍らしき拵の御刀でございますな。見せ給え」

じゃれつくようにせがんだ。無礼な物言いである。秀吉はにこにこ笑って茶を喫している。

(ははあ、これも関白の意向だな)

自分から求めては格好が悪いとでも思ったのだろう。

「小十郎、壱岐、駿河。御小姓衆に佩刀《はかせ》を渡すべし」

政宗の下知に一瞬、家臣らは逡巡した。陣中で一斉に太刀を取られては戦い様もない。

この時に至っても、伊達家の者らは秀吉の謀殺を恐れていた。

「ああ、我が儘なる小姓どもよ」

秀吉は、御相伴衆の太刀を取って小姓の一人に渡した。

「刀を見るには、礼儀を外せぬわ。左京大夫殿、御佩刀を見分の間、我らが太刀を身近に置き給え」

「いや、それには及び申さぬものを。それ、者ども、早く御見せいたさぬか」

政宗は太刀の緒を手早く渡り巻きに巻きつけて、小姓らに渡した。主従揃って同じ拵である。

柄は樫の木、鞘は朱塗り。胴金《どうがね》は二つ。黄金《こがね》の筋金を通し、鍔《つば》は丸茶碗《まるぢやわん》の形。

「まるで赤鬼の拵じゃな」

秀吉はうれしそうに太刀を検分した。

「上方の御方に見せるは御恥しきかぎりでござる」

政宗は説明した。

「山野に起き臥し、人の交わりなどはあまり無き蝦夷が拵を真似たものでござる」

「ひかえめを申されるな。この金物、この鍔、たとえ水中に入るとも鞘に水入るまじきなり。柄の作りも結構。手の内に良き事」

組紐を井戸《いど》縄《なわま》巻き（片手巻き）にして柿渋《かきしぶ》を厚く塗った柄を、ぎゅっと握った。

「許せよ」

一声かけて、すらりと抜き放つ。

無言でしばし見入って再び鞘に収め、

「まことに見事な刀かな。壊疽《えそ》・瘧《おこり》は三年、いや五年の瘧も一時に落ちぬべし」

名刀を持てば瘧（マラリア）が治癒するという伝承がある。秀吉は誉めあげて、

「左京大夫殿が家は、名刀を多く持たれるそうな。富田左近将監が申しておった。また、芦名の太刀を惜し気も無く若衆に与えたとか」

「武具を惜しまぬが武門にござる」

「えらいものじゃ」

「しかし、関白殿下の御申しつけは大事にいたしてござる。拝領の『鎺国行』、伴鎺とともに末長く秘蔵いたし余人に見せ申すまじと」

黒川出陣の前に刀箱を新調。倉へ収めた、と政宗は答えた。

政宗の薄痘痕《うすあばた》が浮いた端正な横顔を秀吉は見降した。

「『鎺』は持たぬ。されど代りのはばきは持参したわけじゃな」

「は？」

「このはばき」

秀吉は柄の井戸縄巻きを撫でさすった。

「殿下、それなるは備前景秀。二尺四寸一分にござる」

「わかっておる。刀の金具ではない。はばきよ、はばき」

秀吉はいたずらっぽく自分の脛を指差した。

「わ殿《どの》（あなた）の脛木《はばき》は良う使えるの。参陣のためとは申せ、いかい思い切った。余人には出来ぬことじゃ」

政宗の顔から血の気がひいた。秀吉は彼の弟殺しを知っている。家中でも極秘とされる屋代源三郎の役割さえわかっているのだ。

彼の反応を充分楽しんでから秀吉は刀を返した。そして、

「小姓ども、聞けやい」

ひどい尾張訛で左右に怒鳴った。

「身共《みども》も若けー時分はの、徒歩奉公するときゃー長刀型《なぎなたがた》の如く数寄《すき》たるでや。お前らも、刀ばかりは拵に心をくだけや。左京大夫殿を真似りゃーええが」

またまた高笑いである。

「左京大夫殿、以後、この太刀を『黒脛巾景秀』と呼ぶが良かろう。伊達家にははばきと名の付く太刀二腰。いやおもしろきかな」

何がおもしろいものか。政宗の背には冷や汗が流れ始めた。

(手の内は、すべて読まれていた……)

小田原における黒腰巾の動きから、芝居仕立ての迷演技も底は全て割れていたのだと知って、政宗は全身の力が急速に抜け落ちていくのを感じた。

後日、伊達家に小田原遅参の処分が通達された。奥羽三十余郡中、旧芦名領の会津・岩瀬・安積三郡は取り上げられ、政宗は黒川城を手離した。

摺上原合戦の代償は、あの芦名兼光二尺四寸余一腰だけとなった。

政宗は数ある佩刀の中で、小田原に持参した備前景秀を好んで身辺に置き、余人に触れさせる事を嫌った。

手入れも腰物係にまかせず、自分で行なう程のほれこみ様である。が、秀吉の命にもかかわらず、「あの刀」「石川の佩刀」と言い、「黒腰巾景秀」と呼ぶことはない。自然、伊達家中でもこれを忌み、名はすたれた。

余談である。

文禄元年(一五九二)、伊達勢三千は美々しく装い、秀吉の「唐入り《からいり》」に従った。政宗はまたしても奇抜な装束で出陣し、人々の喝采をあびた。

「伊達者《だてもの》」という言葉はこの時から始ったという。だが朝鮮の陣は、味方にとっても敵にとっても悲惨そのものであった。食料は不足し、慣れぬ異国の生活に家臣らは次々と倒れて行く。風土病が蔓延し、政宗は故国に配下の死を悔む手紙ばかり送り続けていた。

戦いらしい戦いといえば、文禄二年の晋州城《チンジュソン》攻めひとつ。

伊達勢はこの時、後詰めとして城の南方に布陣した。城中の兵は七千。これに周辺から流れ込んだ非戦闘員五万四千が加わり壮絶な攻城戦となった。

七日の戦いの後、豊前中津の黒田家と肥後の加藤家が城壁を崩して乱入し、城は陥ちた。

あとは捕虜の撫《な》で切り《ぎ》（皆殺し）である。落城から二日して、政宗が戦跡を歩んでいると、

「諸将集《つど》って佩刀の試しをいたす。伊達殿もいかがか」

宇喜多秀家の使いがやって来た。城の中に入ると、余燼くすぶる中庭の井戸脇で捕虜が数珠つなぎになっている。

「これと思われる者を御選びなされよ」

使者は事も無げに言った。桔梗《ききよう》の紋が付いた陣幕の向こうから時折り、くぐもった声が聞こえてきた。幕の内に入ると土壇が築かれ、片肌脱ぎになった加藤清正が太刀をふるっている。

「どうだ、備前長船住人兼光。異名は『紅葉狩《もみじがり》』」

刃渡り三尺五寸というその太刀も、六尺を越える清正が持てば腰刀同然である。

「備前宰相殿」

政宗は宇喜多秀家の隣に腰を降した。

「あれは何かな」

備前勢が捕えた捕虜の列は、全て坊主頭である。

「義兵と当地では申す。僧兵でござる」

当時、李王朝は排仏興儒《はいぶつこうじゅ》の政策により、僧侶を下賤の民として弾圧していた。

「その僧らが国王の危機と聞いて武器を取り、我らに歯向うてござる。なんとも血迷うた者どもで」

「主計《かずえ》殿（清正）は後生の良うないことをなされる」

政宗は嫌な顔をした。坊主を斬れば七代祟るというではないか。

「伊達侍従、信心も過ぎれば武門の曇りとなる」

秀家は嘲笑った。清正はその間も、休みなく首を落していく。斬るたびに人脂を拭い、砥石《といし》をかけるのだが、次第に刀の斬れ味は鈍り、首も二太刀三太刀掛けねば落ちなくなった。

捕虜たちは苦痛の声をあげた。将兵の中には目をそむけ、口を押さえてその場を立ち去る者もいる。

「次」

汗みどろの体で清正は叫んだ。

現われたのは清正と同じ背丈、肌あくまで浅黒い大入道であった。伊達家の史書には、これを、

「牛ほど有りつる、さる身《み》(さるむい・朝鮮古語で庶民)と云う者」

とある。流石の清正もこれには閉口し、

「三太刀で参らぬ。四太刀でもどうか」

誰か新しい太刀を渡して下され、それにて斬り申さん、と呼びかけた。しかし、諸将は皆無言である。太刀を渡して、その斬れ味が悪ければ、あとで物笑いの種になる。

「誰も御渡し願えぬか。これ以上の試物《しもの》はござらぬぞ。さあ、さあ」

政宗は土壇の上で微動だにせぬ義兵に感動した。

(かような勇者に、断末魔の苦しみを与えては日本武門の恥)

政宗は腰の景秀を鞘ごと抜き、静かに近付いた。

「主計殿、これを使うてはくれぬか」

「なんじゃ、打刀《うちがたな》か」

政宗はその時、景秀を帯差《おびざ》しの姿にしていた。

「斬りにくい刀を出したものよ。これで『黒牛』を断てとは。刃がめくれても知らぬ

ぞ」

嫌々ながら振り上げ、えい、と斬り下げれば一ノ胴を軽々と落し、刃先が勢いあまって土壇の中深くめり込んだ。

「誰か、鍬《くわ》を持って来い。刀が抜けぬ」

もちろん義兵は即死であった。

「見事な御刀を御持ちじゃ」

諸将は政宗の刀を欲しがったが、彼は一言。

「肉親を試物にかけし刀なれば、余人に持たせる事あたわず」

人々はそれが弟小次郎を斬った刀と初めて知って、

「あの男の考える事がわからぬ。よりにもよって、弟斬りを愛刀にするとは」

伊達はやはり蝦夷の鬼よ、と後々噂した。

政宗の心など、上方で温々《ぬくぬく》と暮した武者どもにはわかるまい。以来、刀には「黒坊斬り」という異名が付いた。現在はその名で知られ、重要文化財に指定されている。

# 石州《せきしゅう》大太刀《おおだち》

# 一

瀬戸内海のほぼ中央部、芸予《げいよ》海峡によこたわる大三島《おおみしま》は、古くから神の島として知られてきた。

島の中心は大山祇《おおやまづみ》神社である。その祭神は天照大神の兄神大山積大神《おおやまづみのおおかみ》というから、社格は目も眩《くら》むばかりに高い。

「日本総鎮守《にほんそうちんじゅ》」

という。大三島はまた水軍発祥の地でもある。源平合戦、元寇、南北朝の争乱に際しては常に一方の旗頭となり、その去就は時に国政をも左右した。

大山積大神は山の神、そして武の神である。中央の有力武将は事あるごとにこの島へ刀剣・甲冑を奉納した。ために神社の宝物庫は武器で充満し、現在、国宝・重要文化財に指定された兵具の「約八割」がこの地にある。

日本三大鎧のひとつ河野《こうの》通信《みちのぶ》の大鎧、伝《でん》義経所用の小振りな鎧、伝弁慶の大薙刀、大三島鶴姫《つるひめ》の女鎧等その収蔵品には驚くべきものが多いが、中でも目をひくのは紫陽殿《しようでん》陳列室二階に展示された三振りの大太刀である。

一振りは大和国住人千住院長吉《せんじゆいんながよし》、一振りは伝豊後《ぶんご》友行《ともゆき》、一振りは石州《せきしゆう》住人和貞《かずさだ》の作。

いずれも刃渡りが人の背程もあり、見学者はその猛々しさに圧倒される。

「こんなもの使えるわけがない」

「どうせ偉い人のお飾りだ」

ガラスケースの前で言いたい放題喚きはしゃぐ者も多いが冗談ではない。古人はこの種の兵器を立派に使いこなした。長吉の大太刀は、南朝後村上天皇奉納であるから破綻も無く健全な形だが、後者の二振り、友行・和貞には確かに使い込んだ跡がある。特に丈五尺六寸強（一七〇センチ）の石州和貞にはそれが著しい。切先《きつさき》から三寸ばかり下、また横手から八寸下に、何度も打ち合った疵が残っているのである。

日本の刀剣には総じて「物打《ものうち》」と呼ばれる打撃部分があり、佩用者は必ずここを使うわけだが、和貞の大太刀にも並の太刀と同じ位置に刃こぼれがきている。

石州大太刀は茎《なかご》も薙刀のように長々としており、拵を付ければ相当の長さを持つ柄が出来上る。使い手は両の手をしっかりと肩の幅狭めに保持し、正しく刃筋を立てて斬り合ったのであろう。

だが、それには人並み外れた上背と膂力《りょりょく》が必要となる。使い手は格闘家か角力取《すもうと》りのような大柄で、しかも打物《うちもの》達者であったと推定される。

石州和貞の奉納者は山中鹿之介幸盛《ゆきもり》。尼子十勇士の一人として知られたあの豪傑、と大三島の社伝にはある。

鹿之介のイメージといえば、鹿角の前立打った兜を被り、小脇に槍を立てて三日月に手を合わせる眉目秀麗な若武者のそれである。

「願わくば我に七難八苦を与えたまえ」

辛苦にて武者の心を磨かん、と祈るその姿は多分に胡散臭《うさんくさ》くマゾヒスティックですらある。

衰微した主家の再興を画策し、義に生きた人物。忠君思想の権化として戦前は国定教科書のページを飾り、戦後は瞬く間に教育の場から駆逐された武将。今は僅かに地方史の中へ登場するに過ぎぬ鹿之介だが、はたして実像はどうなのであろう。

この男の伝記として有名なものに、小瀬甫庵《おぜほあん》の『甫庵太閤記』がある。徳川三代家光の頃に成立した太閤記の走りと言うべき本で、全二十二巻、膨大な巻数を誇る。その中の巻十九に、「山中鹿助伝」「鹿助度量広く武勇にかさ有事《あること》」「鹿助尼子の遺族を求得し事」が見え、実はそれが後年の「山中鹿之介」像を作るきっかけとなっている。

これには理由があるのだ。

鹿之介は西国の雄毛利氏に滅ぼされた尼子氏の復活を企み、しばしば兵を集めて山陽・山陰の戦場を疾駆した。しかし、どうしても勝つことが出来ない。

天正年間、織田信長の対毛利戦が本格化すると、鹿之介は意を決して近江に行き、その傘下へ入った。信長の中国攻め指揮官である羽柴秀吉の客将となり、西播州の上月城《こうづき》を与えられて、尼子の血縁者を大将にここへ立て籠ったが、城はたちまち毛利勢に包囲された。

運の悪いことに鹿之介の支援者秀吉は東播州の三木城攻めに掛かりきり、救出の軍勢が出せなかった。思い余って秀吉は信長に軍兵を求めた。

「上月は、さほど重い城とも思えぬ」

遠く京のあたりから戦況を眺めた信長は、鹿之介らを見捨てる決心をした。秀吉としては、面目をつぶされた思いであったろう。信長の嫡男信忠《のぶただ》と対面した際、この男には珍らしく主君を痛罵している。

「鹿之介を捨てさせ給いしは、西国の果までも御名を流し給う口惜しさ」

この一件で信長の悪名は中国・九州の隅々まで流れ行くだろう。自分が悔しく思うのはその点である、と秀吉は言った。

やがて上月城の尼子党は毛利に降り、鹿之介は生虜として西に護送される途中、斬殺された。秀吉は、

「鹿之介、積年の働きに比して、その報いの無さよ。彼の者はまことの義士であった」

　嘆きに嘆いた。『甫庵太閤記』に鹿之介が大きく美化されているのは、右の気分が反映された結果ではないだろうか。

　こうした身贔屓を省いた上で改めて鹿之介の資料を探してみても、彼の実体は不確かである。

「骨格五尺余（約一五〇センチ）と見え、中肉色白く」

　美男なりと書く本（『雲陽軍実記』）あれば、反対に、

「身長六尺三寸余（約一九〇センチ）、力十人を兼ねぬ」（『山中鹿之介伝』）

　と記すものもある。一軍の将として多くの人目に晒された人物でありながらこの違いというのは、一体どこから来るのだろうか。よくわからない。ただ、彼の幼年期を描写したものには、

「身の程は常の子供に倍し」

　とか、

「生まれ数ケ月にして四、五歳の子に等しく、二、三歳になれば勇知群に越え」

　と書いてある。異様に発育の良い子だったのだという。また『名将言行録』には両の頬に黒々と髯《ひげ》をたくわえ、座興とて頬の髯を抜き試みに障子の紙を刺せば、針であけたようにぶつりぶつりと穴があいた、とある。

少年期の逞ましさ、毛根の太さはそれだけで巨大な体軀を連想させる。しかも大三島にある例の大太刀の主だ。鹿之介は、白面の美青年ではなく、『水滸伝《すいこでん》』の絵巻に登場するような凶々《まがまが》しい容貌の豪傑であったと考える方が、妥当であろう。

鹿之介の家、山中氏を語るにはまず主家である尼子氏について述べておかねばならない。

この艶《なまめ》かしい名の氏族は近江源氏佐々木氏流である。婆娑羅《ばさら》大名として『太平記』に名高い佐々木道誉《どうよ》の曾孫高久が、近江国犬上郡尼子荘に拠ってかく名乗った。その子上野介持久《もちひさ》は明徳の乱後、佐々木京極氏の守護代に任じられて出雲国に下り、これが出雲尼子の祖となる。

持久は同国月山《がっさん》の富田城《とだじょう》に入って国政を司《つかさど》り、その勢いは次第に盛況となったが、二代目清定《きよさだ》の代には、早くも守護京極氏の年貢を横領するまでに成り上った。

応仁の大乱で中央の名家は力を失っている。主家はどうせ何も出来まいと清定は高をくくり、やりたい放題の増長振りを示したが京極氏も強弩《きょうど》の末、腐っても鯛である。軍勢を発して出雲を攻め、清定を追って(塩冶)掃部介《かもんのすけ》という者を後釜に据えた。

守護代の地位を剝奪された清定は近隣を流れ歩き、老猫が人目を避けて没するがごとく何処かの山中で死んだ。

清定の斃死《へいし》は言わば自業自得だから何とも致し方無いが、困ったのは巻きぞえを食らった尼子の一門である。中でも清定の二人の子、経久《つねひさ》と久幸《ひさゆき》は守護代の若君から一転して浮浪人の地位に落ち、その哀れさは涙を誘った。

「すでに飢餓に及ばんとせしかば、さる片山寺の沙弥《しゃみ》などして」

と『陰徳太平記』には彼らの生活振りが描かれている。一椀の粥欲しさに、寺男の真似事までせざるを得なかったのである。

兄の経久は身の衰退を悲しく思い、

「必ずや祖父の城を取り返し、尼子の名を旧に復してくれん」

深く心に誓った。彼は生母の実家がある備後国境い、仁多《にた》郡横田の仁多《にた》館と月山の間を密かに行き来し、使える者を探した。しかし、旧臣の多くは出雲を見かぎって他国に逃げ散り、僅かな者が踏み止まっているに過ぎない。

経久は慎重に彼らと接触。ついに、

「この者らこそ」

という家に目をつけた。それは同じ尼子の遠戚に連なる山中氏であった。当主の勘兵衛勝重《かつしげ》という人物は早くから帰農し、一族とともに田畑を耕す生活を営んでいる。経久はある日、意を決して勘兵衛の家を訪ねた。

「これはお珍らしい御方の御到来かな」

尾羽《おは》打ち枯らした彼の姿を見て山中の者は驚いた。

山中、急ぎ内へ請じ入れて見るに（経久は）色黒く痩せおとろえ、喪家の犬にひとし
「いと哀れなる御姿」

勘兵衛の妻は袂を絞って、なにはともあれと炉端に招き、壺中《こちゆう》の酒を温めて勧めた。折りしも神無月《かんなづき》（いや出雲では神在月《かみありづき》か）である。外は霙《みぞれ》が降り、山風がものすごい音を立てている。

経久が家の回復を口にすると、勘兵衛は大いにうなずき、

「富田の城を取り戻そうとてか。さても御立派な御志でござる」

我らをいかようにも御使い下され、と力強く言った。これは山中氏としては大変な親切である。

勘兵衛の家は、経久の父清定の弟幸久《ゆきひさ》から出ている。兄が国内で暴虐のかぎりを尽している頃、幸久は心を痛めてこれを除こうとした。が事前に発覚して捕えられ、出雲国布部山《ふべやま》に追い払われて山賤《やまがつ》同然の身に落ちた。その裔《すえ》が清定の子を助けようというのだ。並の義侠心で出来ることではない。

「出雲は神国に候えば、しかるべき血筋の方が国を守るべきでござる」

勘兵衛はこうも言った。彼も新守護代の塩冶掃部介を大いに嫌っていたのであろう。

早速経久は決起書をまわした。しかし山中氏の十七名、旧臣のうち僅かに五十六名が連判へ印を付けたのみであった。

「月山富田は、当国一の要害じゃ。七十余名では如何ともしがたい」

経久は失望しかけた。勘兵衛ら山中の者は彼を励まして、

「かくなる上は奇策を用いて瞬時に陥すのみでござる」

「古来、外法《げほう》使いが一城を得たという話は聞かぬぞ」

疑わし気に顔を向ける旧主の孫に、勘兵衛は声をひそめた。

「外法は用いませぬが、外道《げどう》を使いまする」

「外道とは」

「月山の鉢屋《はちや》でござる」

「それは」

傀儡《くぐつ》ではないか、と経久は呆れた。出雲には、祝い事や月々の祭礼に諸芸を見せて施しを乞う芸人の集団がある。それを通称「鉢屋」と言った。古く米を経済の基本に定めてきた我が国では、芸をもって農耕民に寄生する者らを「賤民」として蔑んで来た。これが中世に入ると奔放に振る舞い始め、本来流浪民であった者も寺社を頼って各地に定着した。

鉢屋と同系の集団は出雲の他三河、伊勢、山陽、九州等に居を定め、雑芸・売色、時にはその行動力を生かして情報収集や野伏りまがいの仕事まで請け負っていた。

彼らはその祖を、某の親王や南朝の忠臣、平家の公達《きんだち》と称した。中で名高いのは伊勢南島の「八《はち》ケ竈《かま》」である。平維盛《これもり》の子行弘《ゆきひろ》の末裔《まつえい》と唱え、平氏武者の形態を守ったまま藻《も》塩《しお》を焼いて暮している。「竈」とは塩焼き釜のことであるらしい。

出雲尼子初代持久は、地元の鉢屋を可愛がり、扶持を与えて乱波《らっぱ》働きに利用した。

「ところが、新守護代塩冶は扶持を召し上げ」

元の賤民の地位に落した。鉢屋どもは月山の山麓に逼塞し、今は細々と祭礼の雑芸で世を渡るに過ぎぬという。

「彼の者らは身の体《てい》常人に異なると申せども、心すこやかにして何より上野介様（持久）の御恩を感じてござる。必ずや良い働きをいたしましょう」

経久は、人の意見をよく聞く人物であった。勘兵衛の言葉に納得し、鉢屋一族を味方に定めた。

二

一同は急ぎ鉢屋と接触することになった。ところが、山中党十七人のうちで使いに立とうと言い出す者がない。

「勘兵衛殿はああ申すが、相手は向背定《こうはい》かならぬ化生《けしよう》の傀儡じゃ」

　鉢屋の住む月山の麓、飯梨川《いいなし》の河原は敵《かたき》塩冶氏の居館にも近く、彼らが裏切れば、まず生きて帰ることは出来ないだろう。

「それがしが、鉢屋の頭と会いましょう」

　人々が後込《しりご》みする中で、ようやく一人が名乗り出た。

　身の丈六尺、足腰の頑丈そうな若者であった。山中の支族で通称を三日月之助《みかづきのすけ》という。本名はわからぬが、これこそ山中鹿之介の祖父か曾祖父に当る人物であろう。

「吉報を御待ち下され」

　三日月之助は一旦形跡を消すために隣国美作《みまさか》へ出て、諸国放浪の野鍛冶に身をやつし、再び仁多郡に入った。

経久の母の里横田を通って山佐川《やまさ》沿いに道を辿り、飯梨川の鉢屋集落に着いた時は十一月《しもつき》半ば。ちょうど旧暦の冬至に当り、人々は火改《ひあらため》の祝いをしている。

「鍛冶師よ、よい時に現われた」

　雑鍛冶も芸人と同じ道々《みちみち》の輩《ともがら》である。しかも火を扱う職業だから、この日に彼らを招くことは縁起が良い事と傀儡の間では信じられていた。

　三日月之助の企みはまず当り、客人《まろうど》として鉢屋頭領の家に招かれて酒食を供された。

「今日という日はまことに目出たい。冬至より一陽来復《いちようらいふく》して陽気日々に長じる。犬の足の節長《ふしなが》ほど毎日、日が伸びるというぞ」

頭領は三日月之助に椀をまわして笑いこけた。鉢屋、正しくは「鉢屋賀麻《はちやかま》」党と言い、この頭も世襲名は「賀麻」である。これも元は、塩焼きの釜を意味する名であろう。

酒がまわるにつれ、祝いの宴席は乱れた。

「客人」

鉢屋の女が三日月之助にしなだれかかり、

「野の鍛冶ならば、鍛冶舞いを存じてござろう。ひとさし舞《も》うてみて下され」

俄《にわか》野鍛冶の彼には、そんな芸当が出来るわけもない。女はしつこく言いつのった。

ここで舞わねば怪しまれる。

困り果てて、ふと天井を見上げると、梁の中央に巨大な太刀拵が飾ってある。

「あれは何じゃ」

「我らが先代の賀麻が、尼子上野介様より賜わった石州の大太刀よ」

今を去る九十四年前の明徳二年（一三九一）、室町幕府に反乱を起した山名氏は、京都内野《うちの》の合戦に敗れて出雲国を捨てた。新たに国を得た京極氏が、尼子持久を守護代に送り込んだことは前にも述べたが、この時土地を離れた山名氏の一部は石見国境いの山口に潜み、野盗と化した。

持久はその鎮圧に鉢屋賀麻を用い、功労の証として野盗どもの使っていた大太刀を与えた。

「流石は六分一衆《ろくぶんのいちしゅう》と呼ばれた山名が残党。大変な得物を使いおる。せっかくの賜わり物なれど、使いこなせた者は先代の賀麻一人《いちにん》のみと言うわ」

三日月之助は濁酒《だくしゅ》の椀を伏せて立った。

「俺は鍛冶舞いより太刀踊りが得手じゃ。ようし、あの大太刀を振って見事踊ってみせようぞ」

「大口を叩きおったな」

賀麻は大太刀を梁から引き降すように命じた。

「それ、台よ。梯子《はしご》よ」

降すといっても一仕事である。鉢屋の者らは柱に縄をまわし、十人がかりで下に吊り降した。

「どうじゃ、十人持ちじゃぞ」

三日月之助の前に置かれた大太刀は、囲炉裏の煤で拵の表も定かならぬほどに黒ずんでいる。柄の巻きは韋紐《かわひも》で、どうやら鞘も韋包《かわづつ》みらしい。

「目釘《めくぎ》は折れておらぬようじゃ。抜いてやろうかい」

汚れるのもかまわず両手を柄に掛け、

「皆の衆、鞘を押さえてくれ」

端の方を持たせ、五寸ばかり引き抜いてみた。長年の脂《やに》と煤のおかげで鞘の口が固まり、刀身に目立つ程の錆はなかった。

「並の大太刀より重ねが厚そうじゃ」

「どうだ、参ったか」

持ち上げることもかなうまい、と賀麻は笑った。

「何の、見てござれ」

三日月之助は片膝をついて一気に切っ先まで引き放ち、抜き身を担ったまま戸口から出た。

外は河原である。三日月之助は片肌脱ぎになって、大太刀を軽々と振りまわした。鉢屋の男も女も驚きの声をあげて、表に飛び出して来る。

彼らが遠巻きに眺める中、三日月之助はほろ酔い加減に謡《うた》い、かつ舞った。

〽われらが心に隙《ひま》もなく
弥陀《みだ》の浄土《じょうど》を願ふかな
輪廻《りんね》の罪こそ重くとも
最後に必ず迎へたまへ

阿弥陀如来よ、私どもは往生をいつも願っているのだ。罪業の重いこの身だが、必ず浄土に迎え給えよと抹香臭《まっこうくさ》い歌を朗々と発しつつ大太刀を振る。刀身は鎬造《しのぎづくり》で、風をきるたびにぶんぶんと小気味良い音がした。

三日月之助は三度同じ歌で舞った。酒の酔いも手伝って全身赤々と火照《ほて》る頃、頭領の賀麻が鞘を両手で保持して河原に現われた。

「この御振る舞い、野鍛冶の技とは思えず。如何なる御方にてましますか」

「さほどの者ではないが、汝を見込んで参った。まず聞いてくれ」

大太刀を鞘に収め、余人を遠ざけて河原の石に座った。

「これは山中党と申し、尼子殿の御遺児を守り立てようと思う者の一人である」

富田城の塩冶掃部介を討って再び旧主を元の地位に戻したい。助勢を求めるに鉢屋党しか頼るもの無し。

「力を貸してくれ。若君が城を回復した暁《あかつき》には、恩賞は思いのままじゃ」

三日月之助の前に膝を付いた傀儡の頭領は、感激のあまりはらはらと涙を流した。

「賤しき我らにかくも御気遣い下されて、しかも大恩ある尼子殿の御頼み。何を拒むことなどございましょう。鉢屋賀麻の一党こぞって御味方つかまつります」

頭を下げた。

三日月之助はただちに賀麻を連れて本拠に帰り、経久に伺候《しこう》させた。山中の党主勘兵衛勝重は、その日から賀麻と城取りの相談を開始した。

「富田の城は大手の内に家臣の屋敷が散在し、しかも南北の谷々は各個に孤立して戦うことが可能でございます。敵をひとつ所に集め置いて、その間に手薄な塩冶屋形を襲うが上策でありましょう」

「乱波名人の汝が申すことだ。良い案があるのだろうな」

「我らは毎年正月に城へ上り、千秋万歳《せんしゅうまんざい》を舞って施しを受けまする。これを利用せぬ手はございませぬぞ」

勘兵衛は賀麻の計略を採用し、武具を整えてその日を待った。

かくして文明《ぶんめい》十七年（一四八五）、大晦日である。尼子の旧臣は、月山の裏手より谷を抜けて城の搦手《からめて》に忍び寄った。

鉢屋の芸人らは大手の木戸を開けさせ、笛や太鼓の音も高らかに堂々と中へ入る。

「今年は、正月が来るのがやけに早いのう」

警備の城兵は首をひねった。それも道理で、例年は夜明けの半刻前、卯《う》の上刻（午前五時頃）に参上する万歳どもが、一刻（約二時間）も早い寅《とら》の刻にやって来たのである。

城内は正月の準備に手間取り、ようやく寝所に入った者が大部分であった。

「眠る間も無いわ」

腹を立てる奴があったが、

「善は急げと申す。早目に年が明けて目出たいではないか」

寝呆け眼のまま浮かれ出る輩も多かったという。思考力の弱まった寝入り端《ばな》を襲う、というのは乱波の知恵であった。

鉢屋党は万歳装束の下に腹巻を着け、楽器の包みに太刀を隠して大手口の谷間に人を集めた。また別隊は、万歳見物する者の留守宅に押し入り、家人を殺害してまわった。

そして、正月万歳の舞いが最高潮に達した時、

「頃も良し」

尼子経久の采配が振り降され、搦手の兵が城内に乱入、各所に放火した。

「曲者」

城の侍は不意を突かれて大混乱。同時に鉢屋の者も正体を現わして人々に襲いかかった。

山中三日月之助は、祝いの弓袋に収めたあの大太刀を抜いて縦横に斬り結び、本丸深くまで侵入した。

守護代塩冶掃部介は、事態が充分飲み込めぬうちに屋形を包囲された。自ら打物取って戦ったが家臣の多くは逃げ散り、

「無念なり」

奥の書院で自害。文明十八年（一四八六）の夜が明ける頃には、富田城は尼子経久の

った。

彼の総兵力はこの時、鉢屋賀麻の万歳七十余名を合わせても僅か百四十名に過ぎなかった。

支配下に入った。

三

経久は勢いをかって近隣を次々に攻め、守護の京極政高《まさたか》から所領を切り取った。

彼は天文十年(一五四一)、齢八十四というこの時代としては希有な程の高齢で往生を遂げたがその間、山陽・山陰のいたる所に兵を出して、出雲一国はもとより石見・伯耆《ほう き》・因幡《いなば》・播磨・備前・備中・備後・美作・安芸・隠岐《おき》の十一ヶ国に威を張った。

山中鹿之介幸盛が生まれたのは、経久死して四年後のことである。父は三日月之助の子孫で三河守満幸《みつゆき》、母は立原佐渡守の娘と記録にある。

幼名甚次郎《じんじろう》。上には兄の甚太郎なる者がおり、これは生来虚弱の質であった。

彼が一歳の時、父満幸が死んだ。山中党の中でも傍流ゆえ家はたちまち困窮した。

母の立原氏は甚次郎が物心付いた時から武者としての教育を施し、決して生活の苦労を見せなかった。

尼子の家臣のうち、直系でない者は嫡男の家人となる。その子供らで次男、三男の境遇はさらに悲惨であった。養子として他家を継ぐ他は一生部屋住み、主人の乗馬以下の生活である。着る物も満足に与えられず、合戦で首を獲り立身することのみ願って成長する。

甚次郎の母は屋敷の庭に麻を植え、手ずからそれを織って多くの布子《ぬのこ》を作り、兄弟にはいつも新しいものを着せて己れは古物をまとった。また、甚次郎の友だちで次男、三男の者が遊びに来ると食事を振る舞い、家に泊めてそれとなく新しい布子に着替えさせた。

友だちは皆これを恩に感じ、甚次郎が初陣の頃はまわりに固まって、己れを、

「山中の手の者」

と称し彼を党主に立てたとある。

またこの母は、

「お前を守る与党の者を、戦場《いくさば》では決して見捨ててはならぬ、勝ち戦の時も、手柄を一人占めせぬように」

と教えた。どうやら彼女はかなり以前から長男を廃嫡し、甚次郎を当主に立てる腹づもりであったようである。

甚次郎は戦国の子として順調に育った。八歳にして人を斬り、十歳（一説に十三歳）の時、人目を忍んで戦場に出たという。にわかに信じられぬ話だが、それだけ成長が著しかったのであろう。

この時代、主家尼子氏の威勢にもようやく陰りが表われている。原因は当主晴久《はるひさ》の武断的性格と安芸毛利氏の台頭にあった。

尼子晴久は初め詮久《あきひさ》と称し、経久の孫に当る。中興の祖経久は前にも述べたごとく十一ケ国に覇を唱えた猛将だが、日頃は温厚で人を怒鳴ったり嘲ることの無い人物であった。

道で女子供に出合うと頰笑んでやり、合戦で死亡した者は自らの手で読経《どきょう》し、傷ついた者には身分の軽重を問わず薬を与えてまわった。物に固執する心も少なく、人が所持品を誉めると即座に下げ渡す。あまり頻繁にそれをやるので、ついには皆恐縮し誉めることをやめたという。若い頃の苦労が彼を丸くしたのである。

孫晴久は違った。祖父の権力をそのまま受け継いで武を誇り、配下の諫言《かんげん》には耳を貸さず逆に罵るなど、諸事角《かど》の多い人間だった。

天文九年（一五四〇）九月、晴久は三万の兵を催して毛利の本拠、安芸の郡山《こおりやま》城を攻めたものの目的を達し得ず、翌年正月には大敗を喫して出雲に逃げ帰った。

この時から周辺の地侍衆は尼子を見限り、次々に毛利やその後楯、山口の大内氏に寝返り始めた。

人は落目になれば知恵の鏡も曇る。天文二十三年（一五五四）。晴久は毛利の謀に乗せられて、尼子家臣団中最強と恐れられた新宮《しんぐう》党を誅戮《ちゅうりく》した。新宮党は晴久にとって叔父に当る尼子紀井守国久《くにひさ》と子の式部大輔・左衛門大夫を中心に約三千の兵を持ち、富田城北麓の新宮谷に居住していた。

毛利はまず富田城下に新宮離叛の噂を流し、罪人の座頭に偽の密書を持たせて尼子領内に送りつけ、目立つ場所で殺害した。書状の文面は、

「当主謀殺の後は、新宮党に出雲・伯耆二ケ国を進上すべし」

短慮な晴久は死骸の所持する密書が届けられるや、

「皆殺しにせよ」

朔月《さくげつ》初日、富田城総登城の日に兵を集めて城門を閉ざし、国久以下主だった者を斬殺した。新宮谷も包囲され、一族は妻子郎党に至るまで討ち取られた。

僅かに式部大輔誠久《ことひさ》の末の子孫四郎のみが、乳母に抱かれて逃げ落ちた。

晴久の愚かさに、山陰の国人は尼子に対する不信感をさらにつのらせ、毛利の陣営に走る者が雪ダルマ式に増えた。

永禄三年（一五六〇）十二月、晴久は四十七で死んだが、その頃になると尼子の領土も出雲半国を保つに過ぎず、隣国石見の辺では毛利の侵蝕《しんしょく》により地侍の小競り合いが絶えず起きるようになっていた。

晴久の子義久《よしひさ》が尼子の家督を継いだ同じ年に、甚次郎も山中の家を継いだ。主家危急

存亡の折り、虚弱な嫡男では奉公も立ち行くまいと、一族揃ってそう取りきめたのである。

甚次郎は、鹿之介幸盛の名を得て、父三河守の用いた三日月の前立付筋兜《すじかぶと》を譲り受けた。ささやかな宴が張られたその晩、鹿之介は富田城下飯梨川の船着場に出た。飲み慣れぬ酒を醒まそうというのである。鹿之介、未だ十六歳。

飯梨川は古代出雲王朝の時代より砂鉄の採取地として知られている。川の両岸は夜目にもそれとわかる程赤々と濁り、河原には木枠で囲んだ鉄《かね》取りの溝がある。安芸の毛利氏が狙っているのがこの良質な出雲砂鉄であった。

彼は水際へ降りた。赤錆びた岩場の水溜りが輝いている。見上げれば月山の山陰《やまかげ》に十八夜の月が浮かんでいる。

「月天《げってん》よ」

鹿之介は両手を合わせた。

「それがしは天文乙巳《きのとみ》(十四年)八月十五日、中秋の生まれにて阿弥陀如来が本尊なれども、これも縁ゆえに御頼み申す」

月天子は勢至菩薩《せいしぼさつ》の化現、普通は二十三夜が縁日である。彼が十八夜を別名で呼んだのは、山陰地方の特殊な月待《つきまち》信仰に拠《よ》ったものであろうか。

「願わくば今より三十日のうちに、良き敵《かたき》を与えたまえ。見事討ち取って山中の名を高めん」

一心に祈り、

「おん・せんだらや・そはか」

月天の真言を高らかに唱えた。

その声がまだ消えぬうち、飯梨川の川面が静かに泡立って、舟が一隻近付いて来た。砂鉄運びの大きな丸木舟である。得体の知れぬ衣装をまとった男女が、ぎっしりと乗り込んでいた。

「山中の新当主と御見受けいたす」

舳先《へさき》に立った小男が鹿之介に呼びかけた。

「いかにも」

「我らは山中殿の家督相続を、言祝《ことほ》がんために参った者」

鉄取り溝の間に舟を寄せ、わらわらと上って来た。皆、高坏《たかつき》や楽器を抱えている。

「何処から来た。ここらの者ではないようじゃが」

狐につままれたように立ちすくむ鹿之介に一人の美女がすり寄って袖を摑み、河原へ座らせた。そのうえで小鼓を抱えた男が二人、彼の正面にまわって謡い出す。

〽月かげゆかしくば、南面《みなみおもて》に池を掘れ

さてぞ見る　琴《きん》の琴《こと》の音《ね》聞きたくば
北の岡の上に松を植ゑよ

女が美しい声で和した。

〽琴の音に峰の松風通《かよ》ふらし
何《いず》れの緒より調べそめけむ

初めは何事かと警戒していた鹿之介も、歌のゆかしさに思わず手を打った。

「ささ、祝いの酒を一献」

盃が出た。

「お前たち、傀儡よな」

「賤しき者の酒とて受けられませぬか」

「いや、母者《ははじゃ》より聞いた昔話を思い出した」

鹿之介は、三代尼子経久の富田城乗っ取りに活躍した三日月之助と鉢屋賀麻の交流を口にした。

「左様、我らはその鉢屋が裔の者どもにござる」

小男が頭を下げた。

「御三代様の御言葉を以て、我らも一時は西国十一ケ国の瀬振《せぶ》り（河原住い）勝手たるべき特権を受け申したが」

尼子氏が石見以西の国々を失った今は鉢屋も山陽道の彼方に去り、先代賀麻は備前の宇喜多氏に殺害された。

「されど、我ら三日月之助様周旋を以て鉢屋賀麻繁盛の礎《いしずえ》を築きし恩、今日まで片刻も忘れ去ることではござらぬ」

「我らはそもじ様の御父上の……」

舞いの女が話を引き取って説明した。

「……三河守様、山中の家を御継ぎあそばされた折りも、このように言祝ぎに参りました」

「父《てて》の時もか」

鹿之介の父三河守満幸は彼が一歳になるかならぬうち、二十七の若さで死んだ。当然そんな話は聞いていない。

「では御父君《おんてぎみ》にも成さなんだことを、つかまつりましょう」

美女は船に残った者らへ合図した。舷《ふなばた》がぐらり、と振れて三人の男どもが水の中に降りた。何やら長いものを担いでいる。

「これを祝い物としてたてまつりまする」

三人がかりで重々しく河原に運んで来た品を見て、鹿之介は息を飲んだ。

「大太刀ではないか」

「石州住人和貞でございます」

「これがそうか」

話には聞いている。

「目にするのは初めてじゃ。大きいな」

「御遠祖は富田城討ち入りの折りにこれなる長物《ながもの》を操り、塩冶が郎党五人を討ち取ったと申します。その後、鉢屋に戻され代々の賀麻が守ってございました」

女は、いかにも愛おしいといった風に大太刀の柄を撫でた。

「今宵、新当主の御姿を拝見いたしますに、いかにも三日月之助様の再来にてまします。常人の持つことあたわずと言われたこの和貞御佩用あって、再び尼子の御家を回復できましたならば、我らもこれに過ぐる喜びはございませぬ」

「持たせてくれ」

三人の男が鞘を担ぎ、柄を鹿之介に向けた。いずれも、彼に似て巨大な体軀を持っていた。

鹿之介は両手でゆっくりと抜き放った。刃に月光が反射し、寒々とした光を放った。

身幅広く、重ね厚く、鎬造《しのぎづくり》。鉢屋の女が差しかける松明の光にかざして見れば、鍛えは板目肌流れて白化立ち、刃文は小湾《このた》れに、互の目交り。匂口《においくち》はやや締って沈みごころ、であった。

「美しい」

「御遠祖は、ここなる河原にて軽々と担い、阿弥陀舞いを舞ったと伝えられます」

「では、それがしも舞おう」

鹿之介は右肩に和貞を背負って立ち上った。

〽夏草の芝みに食《は》むは駒《こま》かとよ
河原に食むも駒かとよ

鹿之介が一歩踏み出すと、河原の小石が飛び、岸辺が波立った。

〽鹿とこそ見め秋の野ならば

鹿と「確《しか》と」を掛け言葉にしてある。秋になればこの鹿之介は必ず手柄を立ててやる。皆の衆、それを確かに見とどけるのだぞ、と謡った。

しばらく彼は河原を行き来した。舞い納めて一息つき、振り向くと先程の女が一人だけ。小男も居らねば、傀儡の群れも消えていた。

「ああ、我らが目に狂いはございませなんだ」

女は目に涙を浮かべて、

「参られませ」

「他の者はどこへ行った。船も無い」

「他の者など」

女は鹿之介の頰に浮いた汗を唇で吸った。

「盃と鵜《う》の食う魚《いお》と女子《おなご》は、果てなきもの。祝いにこの身体も捧げましょう」

耳元でささやいた。

柄が大きいといっても、鹿之介はまだ少年である。女のなすがままになった。

事が終ると、女は身づくろいして彼の首筋に手をまわした。

「先に刀を担いだ三人の者。あれらは我が弟にて大夫、二郎、小三郎と申します。太刀持ち小者に召し使うて下され」

「うむ」

「それから、これは御忠告ながら」

女は真顔に戻った。

「河原にて、我ら結縁《けちえん》いたしました」

「うむ」

「新当主様は、やがて河原にて名をあげましょう。されど、河原にて危うき目にも度々遭うことでありましょう」

「それは傀儡の予言か」

「左様御考え下されても宜しゅうございます。また危うき時は、これなる大太刀が御身を救います程に、身近く御添えあって決して離しませぬよう」

「心得た」

「では、御武運を」

女は袖を振って走り去った。鹿之介は呆然としている。

四

その女こそ鉢屋の首領の娘。新たに出雲で賀麻の名跡を継いだ「御国《おくに》」である。後の世に知られた出雲のお国と、何か関りのある者と思われるが、もとより道々の輩《ともがら》には記録が乏しいため確とはわからない。

鹿之介は直後、伯耆国に出陣した。毛利の合力によって自立した行松正盛《ゆきまつまさもり》の籠る同国尾高城《おだかじょう》を攻め、伯州一の剛の者菊地音八《きくちおとはち》（喜八《きはち》）を討って月天の誓いをはたした。

が、この時は山戦《やまいくさ》であった。鹿之介は槍を使って菊地と戦っている。

大太刀を振るっての大活躍は、五年後、永禄八年（一五六五）秋の事であるという。

その三年程前から月山富田城の包囲を着々と進めていた毛利元就は、同年四月十七日、三万五千の兵を以て城の三方から攻撃を開始した。

「ついに来たぞ。者ども、毛利の白髪頭《しらがあたま》に負けるな」

総大将尼子義久は、兄弟の倫久《ともひさ》・秀久にそれぞれ五千の兵を与え、城の口を守らしめた。調略には弱いが、正面攻撃に強い富田城である。毛利勢は飯梨川を渡って攻め上り、そこで散々に打ち破られた。

元就が力押しをあきらめ、兵糧攻めを命じたのは九月半ば。寄手は城の周囲三ケ所に砦を築き、一兵も這い出る隙を与えなかった。

両軍は時折矢文《やぶみ》を射交《いかわ》し、楯の内から悪口を投げ合う持久戦に入った。

人々は無聊《ぶりょう》をかこち、特に毛利の軍兵は村々に入り込んで略奪・田焼きを行なった。尼子に兵糧を渡さぬためというが、多分に暇つぶしである。

寄手の中で心ある者は、この田畑荒しを嫌った。石見の国人益田越中守藤包《ふじかね》（藤兼）の郎党品川大膳《しながわたいぜん》は、

「稲穂《いなほ》薙《な》ぎ、焼き働きは武者のやることではない。安芸勢の汚なさよ」

公然と味方を罵った。隣国の出身者だから出雲の民の痛みがわかるのだろう。

この大膳、今回の合戦に心中深く期すところがあって名を仮に、

「楤木狼之介勝盛《たらきおおかみのすけかつもり》」

と改めていた。益田越中守がその謂《いい》を問うと、

「全ては尼子の勇士山中鹿之介と勝負いたし、その首をあげんがため」

縁起を担いだという。

「鹿は春に楤《たら》の芽を食ろうて角が落ち、狼は鹿を食らい申す。勝盛は、幸盛に勝つ願いを込めてござる」

甲冑の尻皮《しりがわ》や矢入れの靫《うつぼ》に狼の皮を使い、陣中を行く時も飼い慣らした山犬を連れ歩くという徹底ぶりであった。

狼之介は鹿之介の姿を求めて毎日、城近くの柵まで出掛けて行った。願いかなって十日ばかり経ったある朝。飯梨川の対岸に三日月の前立、鹿の角の脇立打った兜が見えた。赤い素懸縅《すがけおどし》の具足、六尺を越える大男は、紛《まご》う事無き山中鹿之介である。

「待たれよ。山中殿と見たは僻目《ひがめ》か。かく申すは、益田越中が手の者にて……」

狼之介は川越しに勝負を申し入れた。鹿之介もこの男のことはかねてより聞いていたと見えて、

「当方も望むところ。一騎討ちにて、家の武運を占わん」

快諾した。決闘の場所は飯梨川の中洲、得物は太刀である。

日が中天に掛かる時、二人は柵を開かせ、浅瀬に馬を乗り入れた。河原には鹿之介を頭領とあおぐ尼子の若武者三百。狼之介の側も、石見勢三百が岸辺に居並んだ。

鹿之介は鞍上《あんじょう》から手を伸して太刀持ちに鞘を払わせ、石州和貞を頭上に掲げる。敵も味方も、大太刀の輝きを見てどっ、とどよめいた。

「これはいかん」

狼之介は馬にひと筈当てた。太刀と指定したが、こんな化物じみたものを相手が持ち出すとは思いもよらなかったのだ。

先に中洲へ上った狼之介。鞍の泥障《あおり》へ隠した大雁股《おおかりまた》の矢を抜き、五人張りの強弓につがえた。

「椷木狼之介、打物とっての戦いを言い交せしに、約定《やくじょう》を違《たが》えるとは卑怯」

鹿之介の同党、秋上伊織介《あきがみいおりのすけ》（庵之介《いおりのすけ》）という弓の達人が、目ざとく見つけて同じ雁股を取った。狼之介は、

「これが武略というものだ」

弓の狙いをやめない。秋上は怒って矢を放ち、彼の弦を射切った。

狼之介があわてて弓を捨てると、鹿之介が中洲に上って来た。

狼之介は馬から飛び降り様《ざま》、太刀を抜き兜に斬りつけた。鹿之介は大太刀の棟《むね》で払いのけ、同じく鞍から降りた。

両者、二合《にごう》、三合《さんごう》。隙を見ては打ちかかり、引き退き、中洲を行きつ戻りつするがなかなかに勝負がつかない。

一刻（約二時間）もそうしていたというのだから、両者ともに大変な体力の持ち主である。しかし、鹿之介の方が太刀の切っ先長く、斬り返しの技も僅かに上である。狼之介は次第に斬り立てられ、籠手裏《こてうら》と腕に打ち傷を負った。

このままでは、ますます不利である。彼は鹿之介の肩の上下や喘ぎを観察し、組み打ちに持ち込もうとした。

「いかに鹿之介、刻《とき》ばかりいたずらに移る。組んで勝負いたそう」

両手を広げた。

「心得た」

鹿之介は、まんまと敵の手に乗って大太刀を河原に投げた。それがいけない。

狼之介は石見一の組み打ち名人だった。鹿之介のきき腕を取って引き倒し、たちまち上に跨《また》がった。長時間大太刀を操り、さしもの鹿之介も腕の筋が吊っている。

「この首貰った」

狼之介は合口《あいくち》拵《こしらえ》を抜いて鹿之介の喉輪を撥《は》ね上げた。

「あっ」

尼子の若武者たちは目をそむけた。狼之介の被った山犬の植毛《うえげ》兜が、鹿角の兜に重なる。二人は固まったように中洲で抱き合い、ぴくりとも動かない。

「鹿之介殿」

秋上伊織助が絶叫した。すると、覆い被さっていた山犬の兜が押し避けられ、下から
ゆらりと鹿之介が身を起した。

「敵も見よ、味方も見よ」

狼之介の草摺《くさずり》をめくって血だらけの右手差《めてざ》しを抜き、

「石見国に聞こえた狼を、出雲の鹿が討ち取ったるぞ」

山犬の兜ごと狼之介の首を掻いて、頭上に高々と差し上げた。

どよめきが両陣営の柵をゆるがせる。益田の武者たちは面目を失い、

「楲木が仇を討てや、者ども」

これに対して尼子方も、

「鹿之介殿を討たせるな、皆出でよ」

矢を放ち、槍をかざして中洲に突進した。

鹿之介は秋上らに担がれて、飯梨川の河原に逃れた。『吉田物語』『陰徳太平記』には、
彼も足に深手を負った、と出ている。

「もはや終りと観念したが」

後に鹿之介は、山中の手の者らを前に語った。

「相手はこちらの左腰にある鎧通しを抜かすまいと、それぱかり気を使っていた。右腰に刀を隠し差していたのが幸いであった」

鎧組み打ちは、相手の背中に乗り上げて兜の眉庇《まびさし》を後から引き、首筋を露出させるのが常道だ。が、狼之介は正面から来た。

「もっとも、後にまわろうとこちらの兜には、鹿角があるから手は伸せぬ」

兜の前立・脇立もただの飾りではないのだ、と知らされて人々は感心した。

五

鹿之介の武名はさらに上ったが、尼子の勢いは反対に衰退の一途をたどる。

毛利の攻城戦は翌年十一月まで蜿蜒《えんえん》と続き、富田城の兵糧倉には、ついに一粒の米も無くなった。

毛利元就は智謀の人である。初めは逃亡兵を斬って尼子の雑兵どもを恐れさせ、城内の食料を消費させた。やがて冬に入り、頃は良しと見るや城の出口に投降者助命の高札を掲げ、今度は脱走者を助けた。

富田城の兵は我れ勝ちに寄手の陣へ走り、人数は激減した。尼子の武者、熊谷《くまがい》新右衛門・原宗兵衛の二人は、

「元就一人討てば」

降人《こうにん》に混って毛利の陣に入り、刺殺せんとしたが企みを見破られ城に逃げ戻った。また毛利方は城内に間者を放ち、虚言を広めた。戦に疲れ果てた将兵は疑心暗鬼に陥り、同士討ちを始める始末である。

ついに永禄九年（一五六六）十一月、大将義久は開城を決意した。

尼子の兄弟三人は、生虜として安芸国に護送。家臣らは出雲の地から放逐された。鹿之介は巡礼姿になって諸国を流浪し、武者として生きる道を模索した。『武林名誉録《ぶりんめいよろく》』には、近江国番場《ばんば》の宿で、たまたま寺に泊ったところ野党の襲撃に行き合い、大太刀をもって追い払ったとある。

巡礼の形《なり》をしていながら、石州和貞を手離してはいなかったのだ。長大なそれをどう隠し持って歩いたのだろう。

実はこのあたりから、山中鹿之介は策士としての風貌を帯び始める。

京に上り、東福寺の塔頭《たっちゅう》で尼子氏の血をひく少年僧と出合って人柄に惚れ込んだ。

「尼子再興、行なうべし」

還俗《げんぞく》させて孫四郎《まごしろう》勝久《かつひさ》と名乗らせ、自分は補佐役にまわった。その孫四郎こそ十五年前、尼子晴久に討たれた新宮党の生き残り、式部大輔誠久の忘れ形見である。

鹿之介は発憤した。永禄十二年（一五六九）毛利と九州の大友氏が筑前で争い、出雲の辺が手薄になると、

「刻至れり」

勝久を奉じて但馬国《たじま》、次に隠岐へ進み、出雲の島根郡に上陸した。毛利に不満を持つ地侍、尼子の牢人らが馳せ参じ、一時は六千余の兵力を誇った。

「このまま進んで富田城を取り戻そう」

やみくもに城へ攻めかかった。城内に内応者があると信じての合戦だったが、毛利の守将は役者が一枚上である。散々に鹿之介を翻弄するうち、九州の戦を納めた毛利の本軍が出雲に現われた。

鹿之介は良く防いだ。ところが長年の友、秋上伊織介とその父親が調略に乗せられて同志を裏切り、味方の戦意は衰えてしまう。鹿之介は伯耆の末石《すえいし》城に追い詰められ、そこで降服した。

毛利三将の一人吉川《きっかわ》元春は、この危険人物を殺そうとした。

「あの者は凶相である。毛利が家に必ず災いをなすに相違ない」

介錯人を派遣しようとしたのだが、毛利の同族宍戸《ししど》隆家《たかいえ》・口羽《くちば》通良の二人が強くこれを止めた。

「鹿之介は諸国に聞こえた武勇の士でござる。やみやみと殺しては、情知らずの評判が立ちましょう。ここは人の噂をこそ恐れるべきでござる」

宍戸たちは鹿之介の不撓不屈《ふとうふくつ》振りに、武者の神髄を見て取ったのだ。元春もこうまで言われては諦めるしかない。命を助けて伯耆国尾高に幽閉した。

尾高は鹿之介が初めて高名の士を討ち、名を高めた所縁《ゆかり》の地である。彼は自分の太刀持ちを勤める三人の鉢屋者を、密かに呼び寄せた。

「傀儡の口伝に、顔色を損のう薬草があると聞く。存じておるか」

「何に使われます」

「ここから逃げる算段をする」

「心得ました」

鉢屋の三兄弟は、大山《だいせん》の山中で薬を採って鹿之介に差し入れた。数日のうちに彼の頬は土色に変り、額には吹き出ものが出来た。

「何の罰でござろう。痢病《りびょう》に罹り申した」

頻繁に厠へ通った。『陰徳太平記』は、

一夜のうち厠に通ふこと百七、八十度

と書いている。見張りの者は鹿之介の「病い」に同情し、つい油断した。頃は良しと思った時、この男は厠の樋口《ひぐち》から巨体を押し出して脱走した。恐らく尾高城の便所は、下に汚水を流す、文字通りの後架《かわや》であったのだろう。恐るべき精神力だが、鹿之介のやる事には、どうも美学というものが乏しい気がする。彼の逃亡によって、助命を願った宍戸・口羽の面目もつぶれた。

それからの鹿之介は、丹後で海賊になり、因幡で野盗働きをし、粘り強く戦った。

「あの折りに首を刎《は》ねておけば」

吉川元春は、後悔しきりであった。さらに鹿之介は元亀二年（一五七一）京に上って信長に接触した。

「上総介（信長）様、中国攻めには我ら尼子の者ども、露払いをつとめとうござる。されば、御当家勝利の際は、主人孫四郎に本貫《ほんがん》の地出雲を、賜わりとうござる」

信長は鹿之介の忠義に感じ入り、「四十里鹿毛《かげ》」と称する名馬を贈って激賞した。

京における彼は名士である。同じく毛利の手から逃れて上洛した尼子勝久に扈従《こじゅう》し、六尺の身をかがめて都大路を歩いた。

もちろん、彼の行くところ必ず石州和貞も行く。都人は太刀の巨大さに目を見はり、

「気張りよるなあ」

「強そうな奴や。こらあ邪鬼も逃げ出す風情よの」

祇園祭の長刀鉾《なぎなたぼこ》に見立てて拝む輩まで現われた。これがまた噂を呼んだ。瘧《おこり》が落ちる、脾《ひ》肝《かん》の虫が指先から出る、と女子供らは争って見物する騒ぎである。

「良いことではございませぬな」

と顔をしかめたのは、近江の蓮華寺《れんげじ》に庵を結ぶ老僧であった。

「刀には自ずから貴人の相、獰猛《どうもう》の相がござる。石州大太刀は一手の将として采配を振るう者の佩用にあらず。一騎駈けし、手を血で汚す端武者の道具でござる。これを伏して拝むとは、京童《きようわらべ》も愚かなことじゃ」

鹿之介は放浪の時代にこの寺に寄宿し、老僧とも長い付き合いであった。

「では法師殿。貴相《きそう》の刀とはどのようなものか」

鹿之介の間いに僧は即座に答えて、

「山中殿には、尼子殿より拝領の則光《のりみつ》、あるいは右府様（信長）引き出物の『荒見国《あらみくに》行《ゆき》』を御所持のはず。かような佩刀《はかせ》にして美しい太刀こそ大将分の表道具ではなかろうか」

存外俗っぽい事を言った。

「将の器に合うた太刀……」

鹿之介の心は動いた。彼は京に出て人の噂にのぼる楽しさを覚え、旗頭になるうれしさも知った。一種堕落し始めている。

「じゃが、石見の大太刀には愛着もあり、重代の恩もある。手離せぬわい」

「いずれかの神社仏閣に、御納めなされるが良策でござる。神仏も必ず嘉《よみ》し給《たま》い、尼子殿の行く末を守って下さりましょう」

鹿之介は都の宿舎に戻るや、太刀持ちの次郎を呼んだ。

「御前《おんまえ》に」

鉢屋賀麻から来た大夫、小三郎の兄弟は丹後や因幡で討死し、もはや大太刀を担う者もこの次郎一人であった。

「石州和貞を伊予国一の宮、日本総鎮守大三島社に奉納いたそうと思う。使いに立て」

瀬戸内の反毛利勢力に誼《よしみ》を通ずるためにも、大山祇神社とつながりを持つことは大事である。

「行ってくれるな」

「参りませぬ」

次郎は首を振った。

「今を去る十三年前。頭にして我が姉、賀麻の御国と交した約束を御忘れでございましょうか。近江の法師が何を御耳に吹き込んだかわかりませぬが、大太刀を手離せば山中の家に必ず禍事《まがごと》が起きましょう」

「主人の申す事が聞けぬというか」

鹿之介は、太刀置きに立てた則光に手をかけた。次郎は、はらはらと涙を流し、

「ああ、尼子の御家臣は常にこれでござる。勢強き時は知恵の鏡あたりを照らし、負け

続けば下らぬ者の言葉を信じて、累代の家人を斬る。しからば斬って下さりませ。兄と弟を失った今、この世に未練はござりませぬ」

鹿之介は苦々しく太刀を降した。

「代参には他の者を使う。長年の功に免じて召し放ちにとどめる」

何処へなりと消えよ、と次郎に言い渡した。

太刀持ち次郎は、その夜の内に京を出て、鉢屋仲間の住むという備前釜島《かましま》に去った。

次郎の言葉が正しかったことは、その後の歴史が証明している。

天正元年（一五七三）、尼子勝久と鹿之介は因幡に侵入して吉川元春・小早川隆景と戦い、連戦連敗。四年後、京に追い返された。次の年、羽柴秀吉と播磨に入ったが、ここでも負けた。

天正六年（一五七八）七月三日、尼子勝久は上月城開城の証として切腹した。

「この武運の廃《すた》れはどうじゃ」

鹿之介は、己れが将としての器量に乏しいことを遅まきながら悟った。

「この上は服従と見せかけ、毛利の将いずれかと刺し違えてくれん」

捨身の勝負に出た。上月城の降将として安芸に送られる彼は、信長から貰った「四十里鹿毛」に打ち跨り、首に名物「大海《だいかい》」の茶入を下げ、腰に「荒見国行」を差すという堂々たる姿であったという。

だが、吉川元春は、この札付きの男を決して許さなかった。

上月を出て備中臥牛山《がぎゅうさん》城の麓まで来た鹿之介は、行く手を高梁川《たかはしがわ》の急流に阻まれた。

「渡船を用意してござる。これにて御待ちあれ」

附近を阿部（合《あい》）の渡し、という。船が小さいために「四十里鹿毛」と家人をまず渡し、鹿之介は最後になった。

彼は岸辺に腰を降した。嫌な気分がした。

この時、突然、肩先に激痛が走った。振り返ると、毛利の護送役が血刀を構えて立っている。

鹿之介は流れに飛び込んだ。が深手を負っている。たちまち数人がかりで水中に押さえつけられた。

「大太刀、大太刀さえあれば」

悩乱して叫ぶ彼の首を、福間《ふくま》彦右衛門という武者が取った。

『武功雑録』によれば鹿之介に致命傷を与えたのは、河原新左衛門と記録にある。この男は、鉢屋賀麻の予言通り、確かに河原で武運が尽きた。

まつがおか

一

「蛇《じゃ》の目《め》」という紋がある。

真円の中央が丸く抜けた、ただそれだけの造りである。約一万種は存在するという我が国の紋章中それ以上は無いと言っても良い程に単純な形だが、描くとなればこれで結構難しい。

江戸の中頃に有名な奇談集『耳袋《みみぶくろ》』を著わした根岸鎮衛《ねぎしやすもり》の家も、この紋を用いていた。鎮衛は晩年、従五位下肥前守・南町奉行を歴任したが、若い頃は俸禄百五十俵足らずの軽輩であった。

役目柄紋付を着用する。紋章上絵師《うわえし》に頼むのも馬鹿馬鹿しい、と白く染め抜きした生地を買って己れで描こうとした。しかし、素人の悲しさ。呼吸《いき》を詰め、面相《めんそう》（筆）の先をいくら舐めて立向ってもなかなか思い通りに行かない。中央の点ひとつ決めることが出来なかった。

「やはりこれは神紋《しんもん》である」

鎮衛はこの紋にますます誇りを持った。

死の直前、自宅に祀《まつ》った神棚の灯明から出火し邸宅が焼けたが、幸い母屋ばかり焼け落ちて四方《ぐるり》の惣長屋《そうながや》は残り、隣家への類焼も無かった。世人はこれを見て、

定紋のように長屋は残れども
蛇の目のなりで中は丸焼け

と詠んだ。

この紋は主に藤原氏支流の印という。一部例外として宇多《うだ》源氏佐々木氏流岡田氏が使用する他は、多くが鎌倉時代初期に伊勢へ進出した藤原氏流加藤氏が用いた。加藤氏族は伊勢の他に伊賀・尾張、隣国の美濃・三河に広がる大族で、かつてはこの紋の下に結束して戦うこともあったようである。

虎退治で名高い加藤清正の家もこの家紋を使った。賤ケ岳七本槍の一人清正は、尾張中村在。鍛冶屋の小伜で、母は秀吉の生母と従姉妹にあたる下賤とされている。しかし、実際には美濃斎藤家に長く仕えた加藤弾左衛門《だんざえもん》という者の子であった。

七本槍の加藤といえば、もう一人いる。会津四十八万石の地位に昇った加藤左馬助嘉《さまのすけよし》明《あきら》である。これも同姓蛇の目紋だが、そちらの出は三河とある。

永禄六年（一五六三）、同国に一向宗の大一揆が起り、領主徳川氏も一時は存亡の危機に立たされる騒ぎとなった。嘉明の父三之丞《さんのじょう》は徳川の臣下ながら宗門の側に付いて当主家康と戦い、一揆が鎮圧されるや国を逃れ、近江国に潜んだ。

一家は長浜を出て馬喰《ばくろう》となったが、三之丞は武家奉公の味が忘れられず各所を放浪し、幼名を孫六と呼ばれた嘉明はそのまま馬喰の家に預けられて成長した。

それが十二の歳の事である。

孫六は駄馬の差縄《さしなわ》をとりながらも武者の子であることを片刻も忘れず、父が残した蛇の目紋入りの古着を尻はしょりして着続けた。

十五の歳、馬売りの手伝いをして岐阜に出た。城下の馬借宿に泊っていると、色違いながら同じ柄の小袖を着た少年が入って来た。

「なんじゃあ、汝《われ》は」

孫六は薄汚いその少年に呼びかけた。背丈、物腰。大人を小馬鹿にしたように時折目を細めるその面付きまでがどことなく自分に似て、声をかけずにはおられなかったのである。

「汝こそ何者じゃい」

相手の少年も負けずに言い返した。

「駒引《こまび》きにも礼儀いうもんがあろうがや。人に名を尋ぬる時は、己れが先に名乗るもんやないかい」

孫六は不快に思ったが、少年の言葉に一理あると思い、その通りにした。

「ほうか、おんどれも侍の子か。わいも、その口や」

自分も摂津高浜で、同じ様に馬借宿の居食《いぐ》い（居候）をしているという。

「出は淡州《たんしゅう》のぐんけや」

淡路島の事だ。瀬戸内の島ながらここは古来、一国の扱いを受けている。少年は同国郡家《ぐんけ》の地侍、飼飯《けひ》氏の一族で田井助兵衛《たいすけのひょうえ》が一子三吉と名乗った。歳は孫六よりひとつ下である。

「父《てて》は淡路志知《しち》の野口家に仕えておったがの。何よう不都合の筋あって、島を逐電した。わいも母者《ははじゃ》や弟と家を出て摂津に隠れた」

残った飼飯一族は志知城の城兵と戦い、多くが討死したという。

「その恨みを忘れんよう、藤原氏以来の蛇の目紋を着りもんに付けとるんやさけ」

自分は必ず立身して、同紋を旗印に淡州へ押し渡り、野口氏を討って一族の恨みを晴らす、と三吉は言った。

「それは良い心掛けじゃなあ」

孫六も家の由来を語って、

「どうじゃ、汝とわしで一味にならぬか」

人には縁というものがある。同紋ならば遠祖も同じに違いない。

「これを機会に仲良うしよう。汝が偉うなったらわしを引き上げてくれ。わしも身を立てたれば汝に力を貸そうぞ」

孫六の提案に三吉もうなずいた。

この光景を他人が見れば、何を卑賤の餓鬼どもが戯言《たわごと》を、と思ったであろう。が、乱世であった。常人には想像のつかぬ事も時には起きる。

数日間二人は岐阜に居て、孫六は馬市に、三吉は小牧《こまき》の馬借宿へ出た。

孫六が馬市の餌運びをしていると、埒《らち》(馬柵)の中で一頭の軍馬が物に驚き、走り出した。馬喰どもが止めようとしたが、馬は右へ左へ駆けまわりますます猛り狂う。

孫六は一人で埒の中に入った。後年、

「沈勇寡黙」

と称された左馬助嘉明の片鱗は、この時すでに現われている。馬の首に縄を掛けて一本の柱にまわし、もう一本の縄を前足に付けて竿立《さおだ》ちするのを防いだ。

この手並を見ていたのが、ちょうど馬を買いに来た加藤光泰《みつやす》という武士である。

「あの者を連れて参れ」

小者に命じた。孫六が前に来ると、

「お前が着ている小袖」

まず問うた。

「具足下を直したものだな。馬を押さえた手付きといい、ただの小わっぱではない。その紋は家の伝《つた》えか」

孫六が短く答えると、

「わしは美濃多芸《たき》郡橋爪《はしづめ》の出で、加藤作内《さくない》という者だ」

作内は仮名《けみょう》である。この男は後に遠江守《とおとうみのかみ》となり美濃大垣二万貫文に封ぜられたのだが、この時は、長浜城主羽柴秀吉の下で知行七百石、与力十人の身上であった。

「加藤姓ならば、この美濃か、尾張か」

孫六が三河と答えると、光泰はしばしその顔を眺めまわして、

「顔付に心当りがある。もしや、お前の父親は三之丞と言わぬか」

意外な事を言う。孫六がうなずくと光泰は、

「これは奇遇。お前の父はな、今は長浜におる。よう似た面だ」

ごく軽い身分ながら同じ羽柴家に仕えていると教えてくれた。しかも、

「歳十五といえば、主取《しゅど》りをしてもいい齢頃だな。どうだ、父と同じ家に仕える気はないか。口はきいてやるぞ」

羽柴家は長浜の城持ちとなって、にわかに身代が膨れあがった。織田家の軍役を果すための兵が常に不足している。

「お頼みいたしまする」

ただし朋輩も御連れ下され、と孫六は願い出た。

「よかろう」

作内光泰が笑った時、三吉の運命もまた大きく変った。


十五の歳、長浜に行き筑前（秀吉）に仕う。これ加藤遠江推挙の故也

古史には手短かにこの間の事が書きしるされている。

しかし、長浜城内で二人は離れ離れになった。孫六は秀吉の小姓、三吉は船手に組み入れられた。

その頃、秀吉には十歳ばかりの子があった。秀勝《ひでかつ》という養子である。彼の実子は六歳の時にこの城で死亡。主君信長の四男於次《おつぎ》という者を貰って(これには異説がある)、同じ名を付けていた。

秀吉と妻寧々《ねね》はこの子を掌中の玉のごとく大切に扱っていた。

今日《こんにち》、日本三大山車《だし》祭りのひとつとなった近江長浜「曳山《ひきやま》祭り」の起りは、一説にそ

の秀勝を喜ばせようとしたものという。

「汝は於秀《おひで》（秀勝）に付け」

秀吉は伺候直後、ただちに孫六を子の世話廻りに置いた。三吉はといえば米川《よねかわ》の河口に小屋を与えられ、琵琶湖の湖賊衆に混り漕手《こぎて》の手代《てがわ》りである。

このあまりな待遇の差は、秀吉が先に仕えた父三之丞の立場を斟酌《しんしゃく》した結果とも、また孫六自身が己れを売り込んだためとも言われている。が、その程度の事で秀吉が二人を分けたとも思えない。

孫六は馬喰暮しをしていても何やら由緒有り気なところがあり、方や三吉には瀬戸内の海育ちらしい奔放さが残っていた。要するに、城主の子の養育係には前者の方が適任、と判断されたのであろう。

二

長浜城の本丸北には一ノ《いちの》江入《えいり》、二ノ江入という軍船の溜りがあった。水路の先に家中の軽輩ばかり集めた屋敷が密集している。孫六は家族とともにここへ移り住んだ。三吉は城下の南端に住んでいる。水夫《かこ》の習練があって船溜りに入ると、必ず孫六の家へ遊びに行った。

すでに身分違いの立場であったが孫六は嫌な顔ひとつ見せず、いつもこの友人に有りあわせの飯を食わせ、口調もまた対等を心掛けた。秀吉の家中は、主人の出自が出自だけになべてそういう雑駁《ざっぱく》なところがあり、長浜の生活は三吉にとってさほど苦しいものではなかった。

むしろ待遇の良い孫六の方が息詰りを感じていた。

天正五年（一五七七）秋、秀吉は毛利氏と戦うべく播磨に軍を進める。孫六の父三之丞も陣中にあり、子の彼だけが秀勝の遊び相手として長浜に残された。

孫六は無念である。折りしも訪ねて来た三吉にこぼした。

「三吉よ、わしらは立身するためこの城に来たのだったな」

「そうやの」

「それが日がな一日、近江の海を眺め、童のむずかりを宥《なだ》めすかして暮すばかりよ。阿呆らしいとは思わぬか」

合戦に出て、血みどろに働いてこそ武士は身が立つ、と孫六は言う。

三吉も同じ思いである。もっとも、彼の方は戦の機会が全く無いわけではなかった。

播磨攻めは主戦場が内陸部の山岳地帯ということで、船手衆は残されたのである。

「ああ、戦に出たいのう」

屋敷の庭で柿をかじりながら孫六は、野良犬の遠吠えじみた声をあげた。

三吉は孫六の食い残した柿のへたを見つめていたが、ふっ、と不敵な笑いを口元に浮かべた。

「本当に出たいと思うなら、今すぐにでも押し出すことじゃ」

「何」

孫六は友人を見返した。

「具足櫃《びつ》ひとつ背負って、軍勢を追えば良い」

「それでは役目懈《け》怠《たい》になる」

幼い秀勝を守れ、と秀吉から直々に言葉を貰っている。主命を捨て去れば、叛意ありとして罰を受けるは必定だ。

「戦とは勢いじゃ、と聞いた。好んで戦場に出て敵の刃にかかろうというものが、主君の折檻《せつかん》を恐れて縮こまるのも妙な話よ」

「腹を切れ、と筑前様は言うかもしれぬ」

「その時は大人しく切ればよいわ。わしも汝の隣に並んで切ってやろうわい」

三吉は勝手知ったる友の家、勝手に厨《くりや》へ入ると買い置きの酒や土器《かわらけ》を土間に出して来た。

「他に言祝ぐ者とてないが、これが我らの初陣になる」

酒を酌み交して、二人で溜めた銭を出し合い、町の辻で怪し気な古具足を買った。

夜を待って往還に走り出た。馬喰上りゆえ道に迷うこともない。野宿を重ねて十日後、二人は播州姫路城の秀吉本陣にたどり着いた。

「両人とも、どえりゃあ姿じゃな」

秀吉は、三吉たちを見て呆れ果てた。この寒空に布子一枚、脛巾《はばき》もつけていない。諸道具は小袖に包んで錆槍《さびやり》に引っ掛け、畚《もっこ》担《かつ》ぎの要領で担っている。

「まるで牛頭馬頭《ごずめず》じゃの」

垢と土埃にまみれ、目だけぎょろつかせたところは地獄の獄卒に似ていた。

「取りあえず、身を拭って粥でも食らえ」

秀吉は両名に居所を与えた。

そうこうするうち、長浜の寧々から秀吉に手紙《ふみ》が来た。

「勝手に役目を捨てるとは不届き千万。妾《わらわ》が手ずから折檻いたしますゆえ、孫六を送り返して下されし」

という内容である。秀吉は苦笑して、

「羽柴の小姓はこのくらい気の強い方が良い。まあ勘弁してやれ」

自ら妻に代弁し、二人を手近に置いて召し使った。

この年の末、秀吉はひどく忙しかった。約ひと月で東播磨の地侍どもを帰服させ、十一月には但馬に出兵。山名氏が守る岩洲《いわす》・竹田両城を陥し、弟の小一郎秀長《こいちろうひでなが》を竹田の守将に据えるやただちに兵を返した。そのまま西播磨に進んだ秀吉は、毛利家に付いた宇喜多の諸城を息も継がせず攻め立てる。

同国佐用《さよう》郡の福原城は、黒田官兵衛の軍略によって陥落し、城主福原助就《すけなり》は逃亡の途中自刃した。

勢いをかった秀吉勢は道なりに南下し、要衝上月城を攻めた。

上月城は別名を七条城といい、当代の城主は名族赤松氏の裔《すえ》、政範《まさのり》である。宇喜多氏は政範の乞いに応じて、応援の兵三千を備前から発向させた。

備前兵は、上月城を囲む秀吉方の後詰め黒田勢に襲いかかる。秀吉は官兵衛を助けるべく堀尾《ほりお》茂介《もすけ》・宮田喜八郎《きはちろう》に対戦を命じた。

両名は旗をなびかせ、鯨波《とき》の声をあげて宇喜多の援軍を攻めたが、相手は山陽道一と謳《うた》われた備前兵である。たちまち先手は追い立てられ、宮田喜八郎は乱戦の中で討死する。一方の将堀尾茂介も手傷を負って一時は進退極まったが、郎党松山小右衛門《こえもん》という者が運良く通りかかった空馬《からうま》の鞍に主人を担ぎ上げ、辛くもその場を逃れた。

秀吉は陣所からこれを見て、

「茂介を討たすな、かかれ者ども」

床几まわりの旗本を惜し気も無く投入した。これが後の賤ケ岳合戦、その戦訓にもなって行くのだが当時はそんな気分ではない。秀吉の旗本は必死の形相で攻め進んだ。

「もそっと我を囲めや、小姓ども」

朱の軍扇を握りしめ、秀吉は陣所の備えを縮小した。槍を立て、軍夫の端々に至るまで刀の鯉口くつろがせて控えさせた。こんな時が逆に、敵の付け入る隙を作る。

三間柄《さんげんえ》の槍と朱に金筋《きんすじ》の大旗がようやくその位置を変えた時、矢避《やよ》けの幕を掻き分けて一人の巨漢が入ってきた。

異変に気付いたのは、三吉であった。

「孫よう」

彼は孫六の耳元にささやいた。

「あれは使番ではないわ」

「どうしてわかる」

「母衣《ほろ》を差しておらぬわい」

合印《あいじるし》だけ付けているが、見たことも無い面だ。何より具足に埃が付いていない。

「あれはここで着替えたのであろう。怪しの者だ」

大男は、三尺あまりの太刀に左手を添え、二の幕を引き上げようとしている。その先には、銀箔押帽子形《ぎんぱくおしもうすなり》の大仰な兜を被った秀吉の後姿がある。

二人は目くばせし合って走り出た。

「物申す。何者なるや」

「陣中伺候の衆は、まず名乗るが作法」

交互に呼びかけて幕を引き降すと、大男は、

「どけ、小僧ども」

両名を押し退け、太刀を反らせた。

(あっ、やはり曲者)

思う間も有らばこそ。三吉は飛びかかって男の足に抱きついた。孫六は沈着冷静だが、それだけに初手の動きが鈍い。二人の摑み合いに付いて行けず呆然と立ち竦《すく》んだ。

「孫、何しとる。早よう、伸《の》しかからぬか」

三吉は絶叫した。この声は幕の向うに居並ぶ小姓たちの耳にも入り、陣の内は騒然となりかけた。が、

「うろたえるな」

秀吉は周囲を怒鳴りつけた。本陣の旗が立ち乱れると前衛の味方は動揺し、敵は侮って勢いづく。

「動くなよ。動けば味方は崩れるぞ」

旗持ちは、あわてて列を整えた。

曲者は三吉によって引き倒されながらも、太刀を抜こうともがいている。孫六はのそのそと歩み寄って柄前《つかまえ》を踏みつけ、男の胴へ馬乗りになった。

緩慢だが動作に澱みは無い。右手差《めてざ》しの鞘を払って曲者の兜を摑み、錣《しころ》の間にざくり、と突き通す。孫六は刺した刃をそのまま前後にまわし首を取り外した。

備前勢が敗走し始めたのは、その時である。後詰めの後退で守備側の戦意は喪失、上月城もまた刻を置かずして落城した。

旗本が陣に戻ると、秀吉は孫六を床几近くへ呼んだ。

なぜ孫六一人かといえば、首の持参者がこの少年だからだ。本来なら曲者を見抜いて先に取り押さえた三吉にこそ御召しがあってしかるべきである。信賞必罰を信条とする秀吉も、勝ち戦直後の浮かれ気分だったのだ。

生虜の一人に首を見せたところ、

「備前衆長船又右衛門が配下、同国は御津《みつ》郡長田《おさだ》の住人にして忍者名人。伊賀平内《へいない》十郎に相違無し」

刺客の身分が知れた。秀吉は孫六の父三之丞もその場に呼び寄せ、

「お前の倅はたいしたものだ」

軍扇を広げて煽《あお》ぎたてて、即座に食禄三百石と平内十郎の短刀を与えた。

「中身は忍び風情に過ぎたもの。流石に備前者は刀に凝りおるわ」

短刀といっても一尺二寸（約三十六センチ）の大振りなものである。

孫六は持ち場に帰ると三吉の手を取って押し頂き、

「三百石頂戴した。これは汝の働きゆえじゃ」

拝領したばかりの短刀を三吉に手渡した。

「これはありがたや」

初め腹を立てていた三吉も、名誉の品を貰って機嫌を直した。

「これからは約束通り、わしが汝を養うてやるぞ」

孫六は胸元を平手で叩いた。その一言で三吉は彼の家人となり、微賤ながら秀吉直属の身上であったものが臣下のまた臣下、陪臣《またもの》の地位に落ちた。が、単純な三吉がこの仕組に気付くまで少々時間がかかった。

三

上月城の戦いで秀吉は、後年の彼とはまた違った素顔を見せている。即ち、主人赤松政範を斬って助命を乞う上月の城兵を一人残らず殺害。落城後、城内に残った女子供を上月の道筋、播磨・美作・備前三国の国境いで串刺しにした。

その数、二百余。

戦乱の中で酷いものは全て見尽したはずの庶人も、この残虐さには震え上った。秀吉としては備前の宇喜多、背後に控えた毛利に対する威しの効果を計算したのだろうが、彼の配下は複雑な心境であった。

三吉も往還に立ち並ぶ死骸の列に嘔吐した。

驚いたことに、孫六がこの汚い仕事を黙々とこなしていた。太い竿竹の先を削《そ》ぎ、泣き叫ぶ幼児《おさなご》を次々に貫き通していく。

「孫六はあのように働きおるぞ。皆も早く手伝え」

大将の下知で他の小姓衆も手を血に染めた。

「年若な者には、こうして胆を養うのが一番よ」

と秀吉はうそぶいたが、これはなにもこの男の創意ではない。織田の家風ともいうべきもので、二年前、越前の一揆鎮圧でも同様の事があった。信長は「胆練《きもね》り」と称して子飼いの少年たちに越前府中の一向宗徒殺しを命じ、ために府中の町は死体で埋ったという。

三吉は一日で辟易し、往還から遠ざかった。夕刻、焼米《やきまい》が一同にまわされた。だが誰も口にする者がない。

三吉は一人、千種川《ちくさがわ》の支流に出て拝領の刀を抜いた。

西の残光が刀身を赤く染め上げる。濡れに互の目交り、大粒の沸《にえ》がきらきらと照り輝いている。

(備前長船長義《ちょうぎ》の作と人は言うが)

素人の悲しさ、その真偽さえわからない。

（さして良い刀とも思えぬ）

したり顔で刀をさげ渡す秀吉と、愚鈍な面で受け取る孫六の所作が想像されて、急に不愉快な気分になった。

「ええい、こんなもの。いっそこうして……」

河原から水中に投げ込もうとした。

（おや？）

ところが、柄が掌から離れないのである。

（不可思議な）

同じ動作を三度繰り返したが、柄巻の辺に粘りつくような手ざわりがあって指が外れない。

（刀が捨てるな、と願うておるのやろか）

鞘に収めると、右手の粘りは嘘のように消えた。

「わかった、わかった。二度と悪い考えは起さぬわい」

三吉は生身の人間へ語りかけるように、やさしく言って柄頭を撫でた。

翌天正六年（一五七八）、孫六は播州三木城攻めに参加。須久毛山《すくもやま》で手柄を立て、山城国相楽郡《そうらくぐん》の内で二百石を加増された。

三吉もここで二十貫文の扶持を与えられ、初めて騎上の武者になる。

すでに孫六は「茂勝《しげかつ》」という実名を持ち、三吉も父の名から勝手に一字取って「助《すけ》六《ろく》」と名乗っていた。三吉から助六ではそれほど変りがあるとも思えぬが、ただ秀吉が話を聞いてわざわざ祝いの使者を出し、

「田井を『鯛』と変えるが良い」

改姓の差紙《さしがみ》をつかわした。

一介の陪臣には過ぎた御沙汰であると「主人」の孫六は喜んだ。三吉改め助六は別の思いを持っている。

（上月城で褒美を与えなんだ事、今頃になって悔いとるのじゃな）

しかし、筑前殿も存外に吝《しわ》い、と腹の中で笑った。こうした懐の痛まぬ褒賞はどこの家でも行なわれている。

最も手っとり早いやり方は、己れの名の一字を与えることだ。「一字書き出し」と言い、権威ばかりで金の無い足利将軍家ではこれを乱発した。秀吉の主君信長も、大高檀《おおたかだん》紙《し》に「信」の字を書いて同族の者にばら撒いている。

織田家でよく知られた賜姓噺《しせいばなし》は、毛利新左衛門のそれであろう。この男は元、森新助と名乗っていた。それが田楽狭間《でんがくはざま》の戦いで今川義元の首を獲った後、

「森という姓は家中に多く紛らわしい。西国の雄毛利家に倣《なら》って同姓にせよ。汝も幅がきくであろう」

命じられて姓を変えた。その頃は信長も、まさか当の毛利氏と正面切って戦うとは思っていなかったに違いない。

（どうせ家中の戯《ざ》れ話よ）

助六は苦笑した。

（じゃが、『鯛』というのはおもしろい）

彼の生地、淡路の海辺では大百姓にこの姓を持つ者が多いのである。洲本《すもと》、志知の水軍上りで土地を得た家は、米の穫れる田畑や井戸を持つ身になった事を半ば喜び半ば自嘲して、「田井」と称した。助六の実家は律義にこの姓を使っていたが、志知野口氏に追討された同族の中には音《おん》が同じと「鯛」姓を名乗る者が少なくなかったのである。

世間とは不思議なものだ。それまでは知行地に出向いて年貢取り立てをする時も、「田井」では何となく押しがきかなかった。「鯛助六」となった後は、なぜか皆の対応が違う。

加藤家出入りの薪炭、小間物の商人も、

「目出たい御名前になられましたな」

急に愛想が良くなった。

「どうでございましょう。御姓名に合わせて兜の形を変えるというのは」

顔見知りの甲冑師が、ある日のこと提案した。

「武士は良きにつけ悪しきにつけ、名を広める事が大事と心得ます」

異形の甲冑、旗印を身につけて戦場に出る武者が、この時代から急に増えている。特に派手好みの織田家中ではそれが甚だしい。

「わしは二十貫の陪臣だぞ。物具に凝るような銭は無い。博打で当てたれば兜ぐらい買うても良いがの」

「いえいえ、さほどの購《あがな》い物ではありませぬ」

甲冑師は手を振った。

「張懸《はりか》けと申すものは鉄《あかがね》の造りと異り、如何様に造ろうとも軽く、価《あたい》も安うございます」

乾漆《かんしつ》の仏を作る要領で、反古《ほご》紙や布を張り固めいろいろな形《なり》にする。中身は廃物寸前の頭形《ずなり》や三枚張《さんまいばり》・六枚矧《はぎ》の鉢《はち》を利用すると言う。

「ああ、それなれば」

戦場に打ち捨てられたものを見た記憶がある。助六は気軽に頼んだ。

半年ばかりして戦場から帰ると、兜が出来上っていた。

魚形《ぎょけい》というのは変り兜の中でも珍らしいものだ。天正九年（一五八一）、秀吉が姫路を発向して因幡国に北上する時、助六の装束は他家の注目を浴びた。

「あれは一体何者じゃい」

諸衆打ち混った後陣の小荷駄隊に、助六の姿を見つけて福島市松、後の左衛門大夫正《さえもんのたいふまさ》則《のり》が大声をあげた。

「蛇の目の印は、虎（加藤清正）か、孫六か」

市松の轡取《くつわと》りで熊という少年が小手をかざし、

「蛇の目の中白《なかじろ》が小そうござる。鍛冶屋ではなく、馬喰の方じゃ」

と言った。市松も桶大工上りだからこの一党は上下ともに口汚い。

「変った兜を被りおるのう。魚が逆立ちしとる」

「あれが評判の鯛助六左衛門でござりゃあすで」

「孫六が備前長義を呉れてやったという剛の者かい」

市松は痩せ馬に跨ってのっそり進む助六を遠望し、羨まし気に鼻をすすった。

「俺もひとつ風流《ふりゅう》をしてみるかの」

市松は前年の天正八年（一五八〇）七月の伯耆国羽衣石《ほうきのくにうえし》攻めが初陣である。時に二十歳というから、戦場経験は助六に比べてはるかに少ない。禄も百石であった。

市松が洗革包《あらいがわづつみ》の具足に熊毛の兜、という異形に変ったのは、鳥取城が開城し秀吉が山陰から戻った十月の話である。

助六の評判があがれば、おもしろくないのは孫六だ。

「僭越《せんえつ》の沙汰じゃ」

主人を差し置いて、と嫉妬した。

姫路に帰った彼は旅塵も払わぬまま、陣所の奥に助六を呼びつけた。

「聞けやい、助」

孫六は憎々し気に言った。

「戦場で派手に振る舞う者は、人目をひき、あれこれ噂の的になるがそれのみの者よ。本物の武勲とは、主人を助け己れの家の旗印が倒れぬよう、ただそれひとつ心掛ける者を言うぞ」

初め、助六は孫六が何を怒っているのかわからなかった。そのうち兜が目立つ、目立たぬの話に流れ、やっと事情が飲み込めた。

（身を低めて友を敬えというのか）

助六は背に粟立つものを感じた。

（岐阜の馬借宿で誓い合った、あれは出まかせか）

ぴしり、と右のこめかみに筋が立ち、腰の長義に手がのびた。

「二十貫もの役料、汝に与えしは何様か考えたことがあるか」

孫六が重ねて言った時、

（ああ、この者、五百石程の禄で人変りしたのだ）

悟った。帯へ掛かった手が自然、下へ降りた。

（哀れな奴よ）

思い返せば助六も悪い。伊賀平内を討った際、秀吉に二人がかりであることを申し出るべきであった。備前長義を貰った時に家人の礼を取らず、加藤家の食客身分で自分を止め置くのが料簡であったのだ。

「恐れ入ってござる。されば、以後は御当家の家風に倣い、俸禄の御恩を感じて日々暮しまする」

馬鹿丁寧に口上を述べた。そして家に戻るや、ただちに「鯛の兜」を打ち割ったのである。

四

両名の間に亀裂を入れたこの兜が如何《いか》な形であったものか興味のあるところだが、残念ながら具体的な記録というものが無い。前述の福島市松が見た、という短い言葉と江戸期の書物『武具《ぶぐ》訓蒙《くんもう》図彙《ずい》』所載の図を参考にせざるを得ないのである。

もしもその図が正確であるならば、両開きになった赤い鯛の尾は高々と鉢の上に跳ね、口が眉庇《まびさし》に掛かり鰭《ひれ》や鱗《うろこ》も立つ、実に面妖な形である。

後に福島市松が人伝てに話を聞いた。

「孫六も阿呆よ。合戦で目立とうという者は、それ命を塵《ちり》とも思わぬ勇者ではないか」

配下の猛き心を殺《そ》いで何が旗頭か、と助六に同情する科白を吐いた。

（ありがたいことや）

市松の言葉で助六は僅かに救われた気分になった。

この間も秀吉の家は膨張している。

天正十年（一五八二）山崎で主君の仇敵《きゆうてき》明智光秀を討ち、翌十一年四月、信長の後継者たることを証明してみせた。

即ち、賤ケ岳の山戦《やまいくさ》で柴田勝家と与党の軍を粉砕したのである。

孫六も紫母衣《ほろ》張《はり》の差物《さしもの》を背に付けて槍をふるった。世に言う「賤ケ岳七本槍」。

戦後、秀吉は若い槍仕《やりし》どもに感状を与えた。孫六は三千五百石。

「七本槍」という伝承はそれまで各地にあり、「小豆坂《あずきざか》の七本槍」「備前八浜七本槍」が知られていた。世人の嗜好を読むことに長けた秀吉は手飼いの将の武功をこの名で吹聴してまわったのである。彼らの名は一躍天下に鳴り響いた。

助六も余呉《よご》湖畔で柴田勝政の近習五人を相手に戦い、ことごとく討ち取って周囲を驚かせた。

この時、彼は徒歩である。獲った首の数が多過ぎて動きも取れなくなった。そこで手近な竹を一本切り、葉もそのままに首をぶら下げて足軽に担わせた。

「乞巧奠《きつこうでん》（七夕）の飾りよ」

「風流な首祭りじゃ」

これを見て、味方の中に真似る者が続出した。助六の首七夕は、江戸時代の錦絵にも描かれる程の豪放な形であった。

「助六左衛門よ」

北ノ庄を陥した後、またしても孫六は苦い顔をした。

「あれ程、主人より目立つなと申したに、己れはまだわからぬか」

助六の「主人」は歳若に似合わぬ説教好きである。

「合戦で気転がきき、意外な大手柄を立てる者、上の者に追従して人目を気にする者は、他家はどうあれ、この孫六が家では許さぬ」

戦は主従一丸となって働くべきである。己れ一人目立って多くの俸禄を受ける者はやがて、人に後指差される者となろう。

「人に侮蔑を受ける者は、当人にもそれがわかっているものよ」

わかっていながら気付かぬふりをする。恥を知らぬ人間である。恥知らずはつまるところ、主人を殺害しても身の利を計る奴だ、と言う。

「当節は、こういう恩知らず恥知らずの武者を高禄で召し抱える家も多い。そのような家におそらく末は無かろう」

偽《いつわ》り勝ちて、真《まこと》亡びし家なればなり

孫六の言葉は後年、加藤左馬助の言として『武将感状記』に残されている。

(これは無体な)

助六は、今度こそ感情が切れかけた。三段論法、四段論法で人を攻撃する人間は、心の病んだ者という。

(わしをいじめたいがゆえに、巧言を申すのであろう。今こそ、こ奴を斬ってくれる)

幸い陣所の中は暗く狭い。孫六が奥の座にいると、助六は入口近くの楯側《たてわき》へ斜めに控えざるを得なかった。

右肩を上げて左膝を地に着けば、横向きの姿勢になり、左手は陰になる。

自分でも驚く程に冷静だった。栗形《くりがた》に小指を乗せ、縁金物《ふちかなもの》に親指を置いてゆっくりと鯉口を切った。鞘に隙間が空き、切羽《せっぱ》の感触がある。

一尺二寸、刀身は名にし負う「相伝備前《そうでん》」の名工長義の作。

(ひと刺しで、こ奴は死ぬ)

だが、鎺《はばき》が微かに覗くあたりで柄の滑りが止った。

(何としたこと)

親指に一層力をかけた。戻しはなるが先に進まない。まるで目に見えぬ何者かが柄頭を押さえ込んでいるようであった。

（我ながら）

手入れの悪さよ、と助六は腰から左手を離した。

「助六左衛門」

孫六も殺気が去ったのを感じたのだろう。幾分声を和らげて言った。

「わしは、汝が友どちゆえかく申すのじゃぞ。汝が高位の武者となって欲しいゆえ苦言を申すのじゃ。しばし我慢せよ」

我が万石取りになった暁には、居汚《いぎたな》く寝転んでいても倉に米の溜る身分にしてやろう。一族の仇も討ってやろう……。

「それまでの間に、下らぬ槍先働きで死ぬはつまらぬぞ。されば我慢と申した」

（もう何を言っても無駄だの）

折りを見て逐電してやろう、と助六は思った。

自分の厩に戻り、腰の長義を鞘ごと抜いた。目の高さに持ち上げて仔細に観察する。

「血溜りしたな」

乱戦であった。首を斬ってはろくに拭いもせず腰へ戻すくり返しである。鞘の内で血が凝固し抜けぬ事が往々にして起る。

その昔、源頼朝が石橋山に挙兵した際、源氏武者佐奈田与一《さなだよいち》は敵と組み合って馬から落ちた。相方の郎党が集って来たが、暗夜のしかも雨中である。

「佐奈田は上か下か」

上下に揉《も》み合う二人に敵が問うた。

「佐奈田は下ぞ。早よう首を獲れ」

佐奈田与一は敵を偽ってすばやく上に乗った。さて腰刀を抜こうとしたのだが、鞘の血が固まって抜き払えない。相手の兜で鞘を打ち割ろうと焦るところへ平家方の長尾新五、新六の兄弟が飛びつき、与一は首を掻かれた。

「鞘を作り直すかの」

念のため再度、指でくつろげる。

嘘のようにするり、と抜けた。

（！）

助六は声も出ない。

（先程の固さは何であったか）

やはりこの刀には意志がある、と思わざるを得なかった。

助六が言われるままに身を慎んで過すうち、天正十三年（一五八五）四月、紀州征伐が終り四国攻めが始った。

総大将は秀吉の弟秀長である。軍は四手に分かれ、助六は本隊三万に混って堺を発向。淡路の洲本に進んだ。

淡州の侍は戦わずして軍門に降り、秀長はここで多数の軍船を手に入れた。

加藤孫六が船手の将に任じられたのは、島南の福良《ふくら》で羽柴秀次《ひでつぐ》の軍と合流した直後。これは対岸の阿波土佐泊《とさどまり》に兵を運ぶ大役であった。

「助六」

孫六は福良の陣に助六を差し招いた。

「汝を飼い置きしは、この日のためぞ」

床几から降りて同じ座に腰を降した。

「わしは山に強いが水に弱い。海育ちの汝に、采配を頼み参らせる」

「それがし、美濃守殿（秀長）より御下命を受けてござらぬ」

孫六の与えられた水軍采配を、陪臣が勝手に扱えるものか。

「それよ」

配下の者を遠ざけて孫六は、自分の具足櫃を勧めた。

「これは？」

「影になれと申しておる」

孫六の物具を着けて身代りに立てと言うのだ。

「影は良いぞ。身に錦を飾り、飯も塗りの膳部で出る。わしと同じ思いが出来るのじゃ」

孫六は恩着せがましい。

（またしても名を伏せさせる気だな）

助六もこの頃には、半ば韜晦《とうかい》して世を渡っている。黙ってうなずいた。

孫六の新調した銀箔押富士山形《ふじさんなり》の変り兜を被り、朱の頰当《ほおあて》で面を隠した彼が自在に軍船を動かしたのは、長宗我部元親《ちょうそかべもとちか》が土佐一国安堵と引きかえで講和に応じた同年十月までの約四ヶ月間。

「孫六め、どこであのような技を身につけた」

流石の秀吉も、助六の形切《なりき》り様にすっかり騙された。

四国攻めの間、秀吉は従一位太政大臣に任ぜられ豊臣の姓を賜わっている。

「孫六めにも従五位下じゃ」

戦の最中、孫六は左馬助に叙任され、「茂勝」から「嘉明」に名を改めた。

「官位に合った知行も必要じゃの」

と、戦後、淡路津名・三原で一万五千石を与えられた。

「助六、喜べ。汝の故郷を貰うたぞ。真正の錦を飾って乗り込めるのじゃ」

どうでも良い、と助六は思った。四国攻めの間、船手徴発に何度も生まれ在所の郡家を訪れている。敵の野口氏は一族あげて何処かに去り、島内は秀長・秀次の両軍六万の駐屯で荒れに荒れ果てていた。

「わしも城を築くぞ」

野口氏の旧城、志知を改築する、と嘉明は宣言した。

五

（選りにも選って、志知か）

助六は嫌な気分であった。秀吉の普請好きが感染したものか、子飼いの家来どもは皆土木工事を好んだ。

中でも城造りは己れの権威を目のあたりに出来る作業ゆえ、諸将は熱中した。嘉明もその例に漏れない。

城普請は他の夫役《ぶやく》に比べて土地の者に過大な負担がかかる。工事期間が長いために農期と重なり、死人、怪我人の発生率も高いのである。

秀吉はその辺の呼吸を心得ている。普段現金収入の乏しい百姓らに、銭をばら撒いて不満を逸す。

彼の政策は、城の周辺に商品を流通させ、城造りを貨幣経済の教育現場にするということであった。

嘉明は沈着だけが取り柄の男で、人心の機微に鈍な人間である。

（どのような下らぬ事をするのか）

助六が危惧していると、はたして百姓らを強制徴発し工事を開始した。人夫には満足に銭も出さず、米も食わせない。四国攻めの進路に当って疲弊した村々は、働き手を取られてさらに荒れた。

三原郡の百姓らは、工具を肩にまだ暗いうちから志知新城のある松本に通う。その列の中からやがて歌が生まれた。

殿様御座りゃ百姓の弱り
松本（志知城）日傭《ひよう》取りの様を見よ

助六はある日、馬に乗って日傭取りの群に付き合い、歌を聞いた。百姓らの中には、子供の頃に見知った顔もある。

「お前らよ」

助六が懐し気に話しかけると、

「ひゃっ、新城の殿さんじゃ」

鍬や畚《もっこ》を投げ捨てて、人々は一斉に逃げ散った。助六は影武者のままである。嘉明に聞き咎められて、手討ちに遭うと思ったのだ。

これでつくづく助六は、我が身が疎ましくなった。

（孫六も出世した。岐阜城下の約束もわしの分は果した。去ろう）

早朝、助六は木の香も清々しい志知新城の板塀に筆を走らせた。

かとうとは思えど勝てぬ嘉明

孫の代までろくなことなし

この「かとう（加藤）」は主計頭清正である。同じ賤ケ岳七本槍の出身でも、清正は若いながら普請の達人。大坂城中では重宝されているという。

（孫六め、思い知ったか）

助六は身ひとつで飼飯の浦まで出て漁師を傭い、一気に播磨灘を突っ切って山陽道の奥へ隠れた。

嘉明は落首を見、唇を紫色に染めて激怒した。

「助六め。我が恩を忘れおって」

他人に害ばかり与えておきながら、己れの僅かな施しを過大に思う独りよがりは何処にでもいる。加藤嘉明はその典型であった。

「ただちに追手を差し向けましょう」

配下の連中は進言した。

「いや……」

嘉明は嚙み切った唇の血を嘗め、表情を戻した。

「彼の者は、若き日より同じ椀の汁を分け合った間柄じゃ。命だけは救うてやりたい」

家臣は嘉明の恩情に感動したが、この男の思いは別である。

(影武者の逐電など、他家への聞こえも悪い)

志知築城で住民が苦しんでいるという噂は、秀吉の耳にも達しているらしい。ここでさらなる不祥事が発覚すれば、出世にも響くと彼は読んでいた。


助六は逃げに逃げた。

俄法師となって播州書写山円教寺《しよしやざんえんぎようじ》、続いて比叡山。越前、越中、信濃と流れて暮し、ついには相州小田原から大磯に出て漁民の手伝人にまで身を落した。

しかし、その心底はさわやかなものである。

破《や》れ法師の姿ながら一日の仕事を終えると自ら建てた小屋に人を招き、諸寺で習い覚えた経を読み風流を事として暮した。

大磯の庶人は助六を、

「今西行」

と呼んだ。かつてこのあたりをそぞろ歩き、

こころなき身にもあはれは知られけり
鴫立沢《しぎたつさわ》の秋の夕暮

と詠った名歌人に生き方が似ているというのだ。武士を捨てた者のみが持つ侘《わび》しさと軽妙さが、助六の容貌から滲み出ていたのである。

関東は天正十八年（一五九〇）七月に家康が入部して、豊臣政権に対し一種独立国の観があった。

助六が鴫立沢の松林に名を取り「松林《しようりん》」という妙な名乗りを付けた頃、秀吉は朝鮮に出兵した。風の噂に加藤嘉明がその功で伊予松山六万二千石に封されたことも知った。

（馬喰の尻緒取りが、七年で四倍の禄を得たのじゃな）

助六は、指折り数えて宙をあおいだ。が、嘉明の出世はそこで止まらない。関ケ原では東軍に付いて本領安堵、同国で二十万石。またしても悪い癖が出て松山に新城を造った。

「伊予の人心は離れる」

助六は人々に語った。この予言は見事に当り、大坂の陣前後、同国の年貢徴収率は全国一となった。

「伊予の七《なな》ツ免《めん》」

と聞けば西国の百姓らは震え上ったという。総生産の七割を取り上げる苛酷極まりないもので、徳川家も悪政の見本として注目した。

それでも嘉明の累進は重ねられる。寛永四年（一六二七）加藤家は蒲生忠郷《がもうただ

さと》の旧領会津四十万石、これに二本松と三春《みはる》を加えて約四十八万石の身上となった。

嘉明の息子明成《あきしげ》も三代将軍家光の異母弟保科正之《ほしなまさゆき》の姫を迎え順風満帆。賤ケ岳七本槍の多くは血統を絶やし、あるいは改易を受ける中で、この家の繁栄は異様ですらあった。

（あのまま我慢を続けておれば、わしも万石取りになれたやもしれぬわい）

時に、小屋の鍋に入れる粥の具にも事欠く事がある。助六も貧しさのあまりつい愚痴をこぼした。彼も今や七十代の老人であった。

寛永十七年（一六四〇）死期の迫った事を察した助六は、鎌倉詣での旅に出た。笠を被り破れた衣に竹杖。背に荷を負うたその姿は、古《いにしえ》の歌絵巻にある西行法師そのものである。

寛永年間は江戸初期といっても戦国の余燼が各地に残り、南関東は群盗も出没する騒

ぎの中にあった。

助六は道々物を乞い、若者の足なら一日で行く鎌倉の往還を三日がかりで歩いた。

小田原北条氏の滅亡前からこの町の衰退は甚だしい。それでも五山《ござん》は少しずつ復興し、徳川氏の庇護のもと鶴ケ岡八幡、円覚寺等は威勢を示していた。

助六は各所を渡り歩いて手を合わせ、夜は浜辺に眠った。三日目、彼は建長寺の周囲を巡り玉縄《たまなわ》へ足を向けた。

途中、東慶寺門前を通った。ここは開山以来の寺法で男子禁制。世に駆け込み寺として名高い。時の門主は大坂の陣を生き延びた天秀尼《てんしゅうに》である。

秀吉の子秀頼には大坂城落城の際、妾に生ませた子が二人あった。八歳の男子と七歳の女子である。上は禍根を断つため京の六条河原で処刑され、下は助けられてこの寺に入った。これが天秀尼。

尼の養母は家康の孫娘の千姫（天樹院《てんじゅ》）で、形の上では東照大権現家康公の曾孫《ひまご》に当る。

もともとこの寺の格式は高い。五世の住持は鎌倉で非業の死を遂げた護良《もりなが》親王の姉「用堂尼《ようどうに》」。その尼宮《あまみや》が入って「御所」の名が付いた。また、この寺は女人を庇うことでも知られている。

土地の者は「松ケ岡《まつがおか》の御所」と呼ぶ。その縁あって家康は、護良親王所縁《ゆかり》の地、相州小坂郡鎌倉二階堂八十六貫六十文、同十二所《じゅうにそ》二十貫八十文、極楽寺六貫二百四十文を寄進している。

乞食僧の助六は、門前を遠慮して遠まわりしようと考えた。

門前に餅を焼く茶店と寺の御用を勤める半農半武士の家が数軒ある。その裏をまわって、細道に入った。

足を濡らして山ノ内から流れ落ちる川を渡り、明月谷《めいげつ》に入ろうとすると悲鳴が聞こえた。

山道を転がるように女が逃げてくる。その後を、茶色の神無し羽織に越前笠の侍どもが追う。

(松ケ岡御所近くで、女捕《めど》りか)

助六は、ぼんやりと見つめていた。古ぼけていたが由緒有り気な小袖を着た女である。

助六を見るなり駆け寄って袖を摑み、

「お坊様、お助け下され」

妾《わらわ》は松ケ岡御所に預けられし者。寺の助けに粗朶《そだ》を集めんと山に入ったるところ、狼藉の者が立ち現われ、

「妾を斬ると申します」

「無法な方々じゃな」

女の言う通り、越前戸ノ口《とのくち》の塗り笠を被った侍たちは刀を抜きつれた。

「乞食法師よ。去らねばおのれも斬るぞ」

（いずれかの大名家じゃな）

こういう時は家を見分ける要領《こつ》がある。なるべく小身の供侍《ともざむらい》を見つけて、合印《あいじるし》を探ることだ。

（笠など、大名屋敷の備品じゃからの。印ぐらい付いておろう）

四幅袴に空っ脛の軽輩に目を走らせると、笠の裏、顎紐の下げ止めに蛇の目の紋が描かれていた。

（孫六の家中か！）

「坊主、庇い立ては無用と申したに、わからぬか」

頭《かしら》だつ者が無反りの大刀を構えた。

「わからぬわい」

助六は七十余歳とも思えぬ大声をあげた。蛇の目紋を見て、鬱勃《うつぼつ》たるものがこみ上げて来た。

「会津の式部少輔《しきぶしようゆう》（明成）が家臣と見た。松ケ岡御所山門近くでの無体。権現様御声がかりの御法を踏みにじるは、不届きぞ」

首に巻いた布包みを外して、刀袋を手にした。食に窮しても、これだけは手離さなかった備前長義である。

「ほう、坊主。そのような短刀で争うか」

一同はげらげらと笑った。

「孫六が阿呆息子の家人には、このくらいの長さで充分じゃわい」

杖で相手を威嚇しつつ、刀袋の緒を口で解いた。

「来い」

歯の無い口で鞘を咥《くわ》えると、鯉口も切らぬ刀がすらりと抜けた。

助六の心得が良いのか、刀身には錆ひとつ無い。そのまぶしさに加藤家の侍は目のくらむ思いがした。

「者ども、何をためらうぞ。かような下賤坊主に」

物頭は笠を投げ、大刀を振り上げた。

金属の打ち合う音。虚空に光の筋が走った。

「わっ、折れた」

光と見えたのは侍の刀身であった。物打ちから三寸ばかり下ったところからぽっきりと折れ、刃先は道端の松に突き刺さった。

「ひるむな。押し囲んで討て」

供侍の一人が手槍を突き出す。

助六は法衣の袖で穂先を巻き込み、軽く柄を打った。槍の鏑巻《かぶらま》きから下が、ちょうと落ちた。

(うむ、我が刀ながら良う斬れる)

満足の笑みを助六が浮かべた時、騒ぎを聞きつけて松ケ岡の御所から人が走って来た。

「引け」

加藤家の侍は、ばらばらと山中に駆け去った。


助六は松ケ岡の代官所で形ばかりの取り調べを受けた。

「松林法師、元は大坂方の落武者か」

役人の問いに身の上を語ると、来歴の異様さに皆仰天し、たちまち座が白洲から板の間に移された。

「御坊のお救いなされた女性《にょしょう》は、先年会津を立ち退き高野山に上った加藤家が家老、堀《ほり》主水《もんど》殿が妻女でござる」

事情は助六も聞き知っている。堀家の会津退転は当時の大事件であった。

城主明成のたび重なる侮辱に、主水は一族郎党三百七十余を武装させて城下を出奔した。突然の事に家中は大騒ぎ、止める者も無い。主水は往還の橋を焼き、城に鉄砲を放ち、関を破って領外に出た。

「妻子を御所に寄せ、已れは高野でござる。加藤家中は当松ケ岡に再三再四、その引き渡しを求めてござるが」

「ついに刀にかけて、無法を成そうと」

「左様、駆け込み御救いは御山《おやま》の寺法。心得の無い事でござる。されど御坊の御働きで事無きを得、天秀尼様も御喜びでござった」

助六は力無くうなずき、役人の出す茶を啜った。

(孫六め、子の代までわしの手を煩わせるかい)

彼が死の床についたのは、数日後の事であった。

住持《じゆうじ》天秀尼は、彼の身体を松ケ岡代官の役宅に運び、手厚い看護を命じた。

ついに病いが改まった時、助六は愛用の備前長義一尺二寸を身近な者に手渡して言った。

「これなる長義は備前にあって兼光の技を用いず、相州伝《そうしゆうでん》に近うござる。また南朝の年号を銘に切ってその志浅からず」

思えばこの刀が鎌倉に自分を招き、南朝護良親王所縁の御寺を守らせたものであろう。

「まさに」

看護の衆は大きく首を振った。

「この短刀、御所に寄進いたそうと存ずる……されど」

助六は喉をひくつかせて忍び笑いした。

「人の一生とは何でござろうか。一時は立身を心掛けたこの身に、刀一腰ばかり残るおかしさ」

息をひきとった。

死を看取った者の中に、三十一文字《みそひともじ》を好む者がいた。助六の絶句に上の句を付けて、

松ケ枝の科《とが》にあらねど実《み》（身）の落ちて

刀一腰残るおかしさ

と詠んだ。まつがおかの文字が歌の中に詠み込まれている。

長義一尺二寸は寺に納められ、後に「松ケ岡」の名が付いた。

四年後、この堀主水事件をきっかけに会津加藤家は改易された。明成の舅《しゆうと》、保科正之が代って会津若松城主に着任した。松ケ岡東慶寺は天秀尼の死後、一時退転の危機に瀕《ひん》するが、

「女人救済寺法無くては、慈悲の道も断たれなんず」

として、明暦元年（一六五五）古河公方家所縁の尼君が入寺した。「松ケ岡」はその費用を得るため売りに出された。

買い主は会津四十万余石保科家であったという。

# あとがき

人は時として、刃物に霊威を感じる。加工した金属が魔を挫《くじ》き、あるいは魔に依り憑《つ》かれると信じるその心は、ある種記憶遺伝子が成せるわざという人もいる。実際、そうなのだろう。

古代人は、山中に生ずる黒い砂が、燃えさかる炎の中で形を変じ、器物と化し、これが闘争のエネルギーへ転化する様子に大いなる恐れと、そして憧憬の念を抱いたに違いない。

いや、何もこれは我が国固有の思想ではない。アーサー王には王者の剣「エクスカリバー」伝説が付き、古代中国呉《ご》の国には二名剣「干将《かんしょう》・莫邪《ばくや》」の話が伝わる。万国共通の事なのである。

ただ、我が国において注目されるのは、広葉樹林帯が生み出す独特の自然観に外来の陰陽五行《いんようごぎょう》説が混合し、その伝承も一筋縄でいかぬ複雑さを有する、という点であろう。

平氏に長く伝わり、現在は御物として宮内庁が保管している「小烏丸《こがらすまる》」などは、それだけで優に辞書一冊出来上るほどの逸話が残されているという。

室町期の伝承では、この名刀は元「木枯《こがらし》」なる名であった、とある。

平清盛の父忠盛の代というから、院政期も真っただ中の事。伊勢の国に一人の男がいた。久しく大神宮を崇拝し、貧しいながらも祈りを欠かすことが無かった。これを嘉《よみ》したもうたものであろう。一夜、神が夢枕に立たれ、

「狩をせよ。必ず幸い有らん」

と宣《のたま》うではないか。男が野に出ると、なるほど次々に獲物がかかった。ある塚の近くでは太刀まで拾いあげた。

「これこそ御告げならん」

男は喜び、その晩は太刀を青葉茂る巨木に掛けて野宿をした。翌朝、起きて見ると木は見事に枯れ果てていたという。太刀の霊威がそれ程に強力だった、ということなのだ。

男はこの太刀が急に恐ろしくなり、伊勢の豪族平忠盛に献上した。

忠盛は「木枯」と名付けられたこの太刀を愛すること一通りではなかったが、ある日、屋敷で午睡していると、近くの池より突如大蛇が出現し、忠盛を食らわんとした。忠盛、薄目を開けて、さてどうしようと思っていると、何と「木枯」が勝手に鞘《さや》より抜けて、大蛇を追い払った。彼はその奇瑞《きずい》から後に太刀名を「抜丸《ぬけまる》」と改めた、という。

さて、では「抜丸」がいつ「小烏丸」に名を変えたかと申せば、これがなかなかうま

くは説明されていない。一振りの太刀が、霊威を見せるたびに名を変える。その事のみで充分ではないか、と言わんばかりの伝承形態である。

さらにおもしろい事には、これほどに名高い「小烏丸」の作者は不明である。一応は刀祖「天国《あまくに》」となっているが、まずその可能性は無いと言い切っても宜《よろ》しいと思う。

名刀は刀工より佩用者によって価値の有無が計られる、というのが古く我が国の考えなのだろう。

たしかに、刀工は、「これを名刀にしよう」「これは邪刀にしよう」などと初めからきめて鍛えているのではない。

彼《か》の西郷隆盛は、日頃自分の持物に贅沢することを極度に嫌った人だが、良い猟犬を求める事と、妖刀と呼ばれた村正を愛蔵する事で知られていた。人がその刀を恐れると、「自分は倒幕の志を持つ者である。徳川氏に長く祟る刀なら、それは優れてありがたい勤皇刀ではないか」

笑い飛ばしたという。

本書もこの心である。総じて「眉唾《まゆつば》」の説ばかり記しているが、それはその方が読んで楽しく人を描くに便有りと思ったからである。小難しい刀剣談ではなく、御伽噺《おとぎばなし》のひとつとして御承知あれば、これに過ぐる喜びはない。

なお、本書は平成八年四月に単行本化されたが（初出・「小説歴史街道」平成六年七月号）、直後、本書の原題にもなった「にっかり」青江が東京の某刀剣商に出た。戦後、長らく所在不明だった名刀である。

「『にっかり』の本が出ると同時に、本物の『にっかり』が出てくるなんて、妙な符合ですね」

と担当の編集者に言われ、二人して研ぎに出るというその刀を見に行った。それも今は懐しい思い出になっている。

平成十四年十一月

東郷　隆

単行本　一九九六年四月　ＰＨＰ研究所刊
『にっかり――名刀奇談』を改題

文春文庫



戦《せん》国《ごく》名《めい》刀《とう》伝《でん》

定価はカバーに
表示してあります

2003年2月10日　第1刷

著　者　東《とう》郷《ごう》　隆《りゅう》

発行者　白川浩司

発行所　株式会社　文藝春秋

東京都千代田区紀尾井町 3-23　〒102-8008
TEL　03・3265・1211
文藝春秋ホームページ　http://www.bunshun.co.jp
文春ウェブ文庫　http://www.bunshunplaza.com

落丁、乱丁本は、お手数ですが小社営業部宛お送り下さい。送料小社負担でお取替致します。

印刷・大日本印刷　製本・加藤製本

Printed in Japan
ISBN4-16-746110-2